守护生命

——十二位“燕赵楷模·时代新人”抗疫故事

曹征平◎主编

河北出版传媒集团
花山文艺出版社
河北·石家庄

图书在版编目（CIP）数据

守护生命：十二位“燕赵楷模·时代新人”抗疫故事 / 曹征平主编. —石家庄：花山文艺出版社，2020.7
ISBN 978-7-5511-2592-5

Ⅰ.①守… Ⅱ.①曹… Ⅲ.①报告文学－作品集－中国－当代 Ⅳ.①I25

中国版本图书馆CIP数据核字(2020)第118008号

书　　名：守护生命
——十二位“燕赵楷模·时代新人”抗疫故事
主　　编：曹征平

书名题签：关仁山
责任编辑：郝建国　梁　瑛
特约编辑：杨　乐
责任校对：齐　欣
装帧设计：王爱芹
美术编辑：胡彤亮
出版发行：花山文艺出版社（邮政编码：050061）
（河北省石家庄市友谊北大街330号）
销售热线：0311-88643221
传　　真：0311-88643234
印　　刷：河北新华第二印刷有限责任公司
经　　销：新华书店
开　　本：700×1000　1/16
印　　张：14
字　　数：150千字
版　　次：2020年7月第1版
2020年7月第1次印刷
书　　号：ISBN 978-7-5511-2592-5
定　　价：49.00元

中共河北省委宣传部
关于授予梅建强等十二人
“燕赵楷模·时代新人”称号的决定

在这场新冠肺炎疫情防控的人民战争中，广大医务工作者积极响应党的号召，牢记“敬佑生命、救死扶伤、甘于奉献、大爱无疆”的职业精神，义无反顾、主动请缨，勇挑重担、逆行出征，日夜奋战在疫情防控第一线，同时间赛跑，与病魔较量，全力以赴救治患者，筑起了一道钢铁防线，涌现出了一批先锋模范。

他们以高尚无私的医德医风和精湛高超的专业医术，展现了服从服务大局的政治站位、吃苦耐劳连续作战的拼搏精神、全心全意为人民服务的奉献精神、尽心尽力不畏艰险的担当精神，彰显了医者仁心和人间大爱，用实际行动和成效践行了以人民为中心的发展思想。他们是坚韧不拔、顽强拼搏、无私无畏的白衣天使，是迎难而上、不负重托、不辱使命的真正英雄，是新时代忘我奉献、爱国奋斗的光明使者和最可爱的人。

为大力弘扬他们的先进事迹和崇高精神，中共河北省委宣传部决定，授予梅建强、赵鹤龄、贾肇一、解明芳、刘辉、王瑜玲、王静、安辉、王培文、童莉、付素珍、张淑娟等“燕赵楷模·时代新人”称号。希望你们珍惜荣誉、再接再厉，为打赢疫情防控人民战争、总体战、阻击战作出新贡献，为建设健康河北、健康中国再立新功。全省党员干部群众要更加紧密地团结在以习近平同志为核心的党中央周围，增强“四个意识”、坚定“四个自信”、做到“两个维护”，在省委、省政府的坚强领导下，深入学习楷模事迹和精神，坚定必胜信心，践行初心使命，认真履职尽责，完善疫情防控常态化应对举措，加快恢复生产生活秩序，奋力开创新时代全面建设经济强省、美丽河北新局面。

2020年4月5日

目　　录

CONTENTS

梅建强：寒梅傲雪战“疫”情…………… 程雪莉　高　达 001

赵鹤龄：一片冰心在玉壶…………………………… 张　强 013

贾肇一：青春不负凌云志…………………………… 孟醒石 031

解明芳：“方舱总理”天使相……………………… 刘世芬 047

刘　辉：展现智慧的力量…………………………… 黄军峰 067

王瑜玲：护佑一座城平安…………………………… 杨辉素 085

王　静：捍卫心中的信仰…………………………… 冯小军 101

安　辉：安然岁月铸辉煌 ………………………… 尚　未 115

王培文：忠孝难全赤子心 ………… 蔡　楠　王东梅 137

童　莉：天女下凡战“疫”来……………………… 李湛冰 157

付素珍：“铁娘子”冷面柔情……………………… 高玉昆 175

张淑娟：“管天管地”送温暖……………………… 王海霞 191

编后记……………………………………………… 郝建国 213

梅建强：寒梅傲雪战『疫』情

◎程雪莉　高　达

获奖词

抗疫战场一位年近花甲的老兵
他奋战河北
房间的灯常亮到深夜一两点钟
只为修订一版更佳的治疗方案
他驰援武汉
奔波在多家定点医院巡查会诊
脚步始终朝向重症病房
……
他与时间赛跑，与病毒肉搏
他是当之无愧的『中医急诊尖兵』

初见梅建强，他正身着白大褂，在河北省中医院古香古色的“名医堂”中为患者把脉。从武汉抗疫前线归来，结束隔离，他便重新回到了工作岗位。医者仁心，在他看来，治病救人是不改的初心。

本来，梅建强可以在家再休整半个月，可他心里一直惦记着工作。这一个多月以来，得知他驰援武汉的消息后，石家庄的“老病号”们时常给他发信息，叮嘱他一定要做好防护，期盼他早日凯旋。而他，也始终放不下他们，依然利用有限的休息时间，仔细询问对方病情的恢复情况。相距千里，满满的都是牵挂。

“医生的天职就是救死扶伤，我只是做了一名党员、一名中医人分内的事。”提起自己在武汉的抗疫经历，刚刚荣获“燕赵楷模·时代新人”称号的梅建强，说起来云淡风轻。

梅建强就像傲雪的寒梅，坚韧谦虚，默默奉献。

临危受命　驰援江城绽芬芳

2月19日10点，一通急促的电话，打给正在唐山忙于新冠肺炎疫情巡诊的梅建强。

“紧急抽调你驰援武汉，加入国家卫健委重症救治中医专家组，时间紧迫，今晚就要赶到武汉！”电话来自国家中医药管理局。紧急召唤，让梅建强深感肩上责任重大。“听从命令，即刻出发！”坚毅的声音中，饱含着一名有着三十六年临床经验的中医人的勇气和决心。

白衣执甲，逆行出征！在与同行的专家及医护人员讨论过救治方案后，梅建强恨不得长出一双翅膀，立刻飞抵抗疫前线。他顾不上吃饭，便匆匆赶回石家庄，马不停蹄踏上赶赴武汉的高铁。“此去一战，尽我所能，不胜不归！”梅建强对前来送行的同事们这样说道，没有丝毫犹豫。

到达武汉已是夜深人静时分。寂静的车站，空无一人的街头，更衬托出疫情期间江城的悲怆与苍凉。“这座英雄的城市，原本不该是这般颜色……”走在夜色中，梅建强的心中五味杂陈，作为河北省唯一一名被紧急抽调的中医专家，他深感自己肩上的担子很重很重！

拖着疲惫的身体抵达宾馆，梅建强却毫无睡意。他深知，自己面临的将是一场硬仗。他暗下决心：“虽然现在是疫情最吃紧的时候，但再难啃的硬骨头也要拿下，绝不辜负国家和组织的信任！”

第二天一早，梅建强与其他十一位来自全国的知名中医专家迅速集结，组成了一支平均年龄五十三岁的“中医急诊尖兵队”，参加国家卫健委组织的重症救治组工作会议。根据会议安排，重症救治组的中医专家和西医重症专家被分成十二个小组，每组由一名西医专家、一名中医专家及一名当地专家组成，主要围绕救治新冠肺炎重症、危重症患者，对武汉市各定点收治医院和湖北十一个地市开展巡诊，运用中西医结合方法指导救治，促进中医药全程参与，以降低危重患者死亡率。

时间就是生命，快一秒，就可能给更多的新冠肺炎患者带来希望。会议一结束，梅建强就立刻投入临床病例的观察诊治工作。“中医讲究直面病人，需要我们近距离观察危重患者，可是肉眼看不见的病毒弥漫在空气中，说不担心那是假的。”梅建强坦诚地说。然而，心有担忧，却从不退缩，因为他深知，挽救这些被病毒折磨的同胞，是使命，更是责任。

年近花甲的梅建强，与其他专家们转战在不同医院，每天与死神抢夺生命，帮患者跑赢时间。每到一家医院，他都会穿上厚重的隔离服，全副武装直面危重症患者，通过望、闻、问、切四诊方法，观察患者的舌苔、脉象，综合分析判断病情，提出中医技术指导，开具详细处方，帮助修正治疗方案，将半辈子积累的临床经验发挥得淋漓尽致。

说起隔离服，梅建强直言："穿它，对于我这个年纪的人来说，也是一种挑战。"由于隔离服封闭性好、穿脱又很不方便，一天工作下来，他连水都不敢多喝一口，闷汗、乏力成为常态。有一次，他脱下隔离服，与家人视频时，女儿看到他疲惫不堪，看到他身上的汗渍和脸上被口罩勒出的红印，心疼得直掉眼泪。梅建强笑着安慰她说："闺女，我没事儿，睡一觉就都好了。"女儿破涕为笑："爸爸，我真的为您感到骄傲，您是我的榜样，我们一起加油！"

疾风知劲草，烈火炼真金。在武汉期间，梅建强全身心投入抗疫工作当中，白天会诊、巡诊，晚上回顾总结，就连梦中都在想着病人的救治方案，而每一次抢救的成功，都会给他带来更大的信心和勇气。梅建强深知，自己肩负着的不仅有国家的重托，还有患者及其家属的期盼。

一次抢救中，患者是位年过七旬的老太太，住院时意识模糊，语言表达不畅，伴有发热现象，呼吸衰竭，血氧饱和度只有82%，虽然已经积极

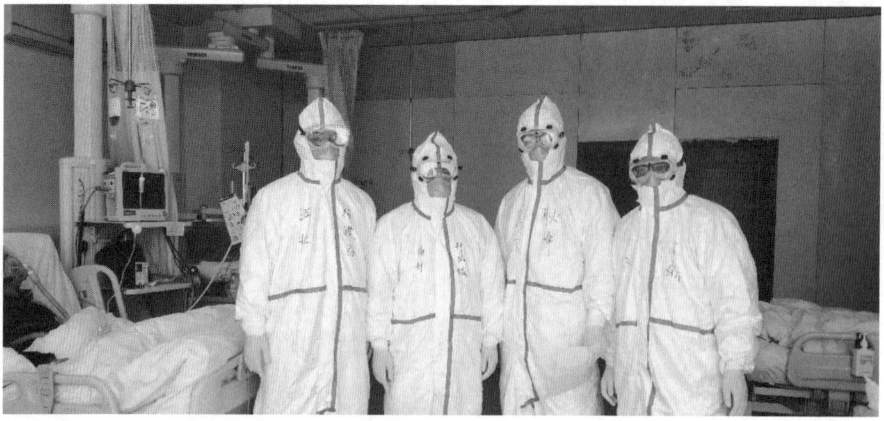

在武汉中心医院重症监护病房，梅建强所在第四专家组全体合影

采用吸氧、维持水电解质平衡、控制体温等一系列综合治疗，可患者血氧饱和度仍无明显改善，随时都有生命危险。从她眼中流下的浑浊泪水，梅建强读出了老人对生命的渴望。

“不能让任何一个生命从我手中轻易逝去！”为了挽救患者，梅建强守护在患者床边，仔细辨证，发现患者脉细数，舌红苔黄，属于气阴两虚，脏腑有热的征候。结合患者症状，梅建强决定采用益气养阴、复脉固脱和清热凉血、开窍醒脑的中药注射剂治疗。经中西医协同抢救，一个小时后，患者的血氧饱和度开始逐步升高，恢复到了93%以上，意识逐渐清醒，病情趋于平稳。“谢谢！”当老人吃力地说出这两个字时，梅建强透过糊着一层水雾的护目镜，露出了欣慰的笑容。也正是一次次成功的抢救，令他更加感慨中医的魅力、中西医协同治疗的威力。

“我是一名党员、一名中医人，希望能用我掌握的中医中药知识和技术，去帮助更多的人。”作为一名经历过“非典”“甲流”等“战疫”洗礼的中医“老兵”，这是他经常挂在嘴边的一句话。梅建强凭借自己过硬的临床经验和在河北积累的抗疫经验，以浊毒论治，以化浊解毒为原则，在武汉危重症患者巡诊救治中，充分展现了河北中医人的智慧。

在国家中医药管理局指导下，梅建强所在的“中医急诊尖兵队”勇于创新，开出了一张特殊的“药方”。对于定点西医院，他们加强与西医重症救治指导专家的交流合作，推进中西医结合对重型和危重型新冠肺炎患者的救治工作。针对西医院中医医师少、力量薄弱的现实情况，则集结分散在各支支援医疗队里的中医医师组成“中医救治突击队”。对于重型、危重型病人，采用中西医联合查房、联合会诊、联合管理的方法，并将其制度化、具体化、常态化、条理化。对于中医院、中西医结合医院，专家组充分发挥医院的中医资源，组织精兵强将，到病床旁指导，迅速提高他们临床运用中医救治危重新冠病人的思辨水平和处治能力。针对常规危重病人，定期组织由国家重症中医指导专家主持的会诊，做到对重危病人精准施治，“一人一方”，开创了新时代中西医结合共同应对公共卫生事件的医疗新模式。

在忙于一线救治的同时，梅建强还与专家们认真总结武汉临床中救治危重病例的实践和治疗成果，优化重型、危重型患者中西医结合治疗方案，并写进国家试行的第七版《新型冠状病毒肺炎诊疗方案》中，为全国各地全面规范化开展对新冠肺炎患者的中西医结合治疗工作发挥了积极的指导作用。

在武汉的整整三十个日日夜夜，梅建强及同行专家们的脚步从未停歇，累计为五百多名重型、危重型患者提供了中医诊疗服务。在他们的巡诊指导下，通过采取中西医结合救治的方法，重症病例数量明显下降。3月16日，湖北省卫生健康委员会发布消息称，“中医急诊尖兵队”通过巡查，大幅提升了中医药在治疗新冠肺炎中的参与率，从巡查初期的40%逐步提升达到91.91%，方舱医院中医药使用率超过99%，集中隔离点中医药使用率达到了94%。

这令梅建强感到无比欣慰与自豪。由于高强度的工作、巨大的精神压力以及长期的饮食不规律，他一度出现胃疼等症状，同行的专家也屡次劝他休息调整，但他始终不肯：“想到那些被病痛折磨的患者，想到那些争分夺秒挽救生命的医护人员，我怎能安下心去休息呢？”

付出满腔真情，换来一片真心！3月19日，梅建强突然接到返程指令，这代表着“中医急诊尖兵队”已圆满完成抗疫任务。接到指令的那一瞬间，他突然感慨万千，湿红了眼眶，“武汉！我为你拼过！待到樱花盛开，热干面飘香，烟火气回归的那一天，我会再来看你！”

在送行仪式上，一位武汉当地的专家给梅建强发来了信息：“墙角数枝梅，凌寒独自开。遥知不是雪，为有暗香来。”

奋勇当先　燕赵抗疫有担当

疫情暴发时，梅建强就凭借他的职业敏感和丰富的临床经验意识到，一场“硬仗”即将开始。

2020年春节前夕，平日里忙于工作、无暇陪伴父母的梅建强，和妻子一起带父母到三亚度假，想好好尽一番孝心，大家在一起过个团圆年。谁知刚抵达三亚，就看到了新冠肺炎肆虐的新闻。作为一名中医人，他立刻意识到事态的严峻性，精神紧绷起来。作为一名老党员，当国家需要和个人利益发生冲突时，他毫不犹豫地选择将国家需要放在首位。梅建强立刻做出决定，“终止休假，立刻回石，全力抗疫！”

这就是梅建强，每当面对凶险的病毒，他总是无所畏惧、彰显担当。无论是十七年前的抗击“非典”，还是当前的抗击新冠肺炎，他都主动地、没有丝毫犹豫地做出选择，冲向最危险的前线，捍卫人民群众的生命与健康。这种面对险情敢于奉献、敢于牺牲的担当精神，早已深深地刻在了他的骨子里。

年迈的父母虽有不舍和担忧，但还是支持他的选择。梅建强将父母安顿好，悉心叮嘱妻子后，连夜飞回了石家庄。第二天，天刚蒙蒙亮，梅建强就赶赴医院，投入紧张的抗疫工作中。

疫情就是命令，防控就是责任。彼时，河北省中医院有一百五十余名医护人员第一时间递交了“请战书”，希望能够前往一线，驰援武汉。其中，年近花甲的梅建强，成为此次请战人员中年龄最大的一位。

因为拥有扎实的中医理论知识和过硬的临床专业技术，梅建强被任命为河北省新冠肺炎中医药防控专家组常务副组长。“2003年抗‘非典’时，我曾主持组建医院发热门诊、隔离病房，开始摸索中医抗疫诊疗。

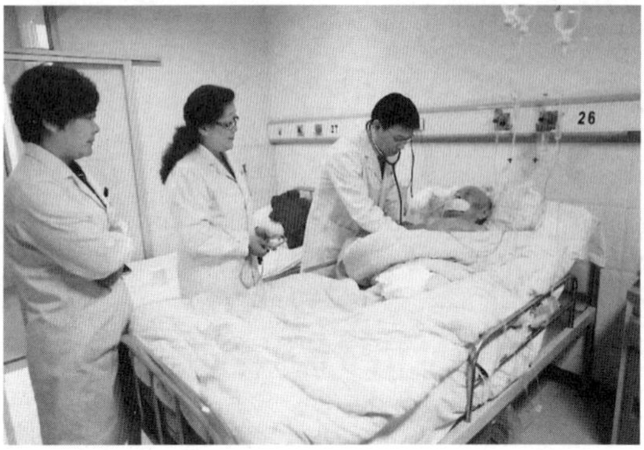

梅建强在病房为患者诊查

2009年闹‘甲流’时，我参与制订了河北省甲流中医诊疗方案，当时除了中西医结合治疗了二百多例病患之外，还用纯中医治疗了十一例病患，效果显著。也正是这两次特殊经历，为我现在的抗疫工作积蓄了能量。”

在省中医药局的指导下，梅建强一边带领团队做好患者救治，一边带领专家先后起草修订了四版新冠肺炎治疗方案，每一版他都会与专家们反复斟酌商讨、逐字逐句推敲。那段时间，他房间的灯常常亮到第二天凌晨一两点钟。

他肩负着多重任务，每周要定期参加省内专家组会诊工作，并带队到河北省疫情较为严重的沧州、唐山地区，开展一线巡诊会诊，指导省内各地中医防控工作，充分发挥了省级中医院医疗技术引领作用。

一线的抗疫实践为梅建强提供了翔实的临床经验。他多次与国医大师李佃贵教授交流意见、探讨方案，牵头组织撰写论文，结合河北省中医诊疗方案中的特色，撰写了《基于浊毒理论防治新型冠状病毒肺炎的辨证思路》，并被权威学术期刊《中国中西医结合急救杂志》录用，成为河北省新冠肺炎防控中的重要理论创新成果。

作为河北省的中医专家，梅建强先后两次参加全省联防联控专题会议，并在会上积极建言献策，介绍了中医参与抗击新冠肺炎疫情的策略和措施，受到与会领导的充分肯定。

在一次巡诊中，梅建强为一名八十多岁的新冠肺炎危重患者进行诊治，面对其子女焦急、恳求的目光，他暗暗发誓：“一定要把老人救回来！”经过望、闻、问、切，辨证施治，用大剂量的人参配黄芪等中药煎汤鼻饲，又结合西药采取协同抢救的方法，当晚，老人的病情便趋于稳定。这一段救治过程，为当地定点医院的医护人员带来了极大的信心。此外，他密切关注疫情动态，撰写科普文章，及时回应社会关切的问题，引导人民群众科学防控。

在“燕赵楷模·时代新人”颁奖典礼上，对他有一段这样的描述：“他与时间赛跑，与病毒肉搏，他是当之无愧的中医急诊尖兵。”

坚韧不拔　求索路上蓄能量

在此次抗击新冠肺炎疫情中，梅建强的身上充分彰显出作为一名“中医急诊尖兵”的专业精神、奉献精神、牺牲精神，充分体现出他的家国情怀以及中医情怀。而这一切，源于他与中医结下的不解之缘，以及在从医路上的不懈求索和百折不挠。

梅建强出生于20世纪60年代，自幼就深受当医生的姨妈影响，心中种下了一颗“立志学医，治病救人”的种子。伴随着他的成长，这颗种子逐渐生根、发芽、开花、结果。

机会往往留给有准备的人。国家恢复高考制度后，聪颖好学的梅建强1979年考上了大学。功夫不负有心人，接到录取通知书的那一刻，他激动得热泪盈眶。而此时，姨妈却提醒他：“当医生是份‘苦差’，需要付出许多时间和努力。这条路很辛苦，需要用一辈子来学习如何当一名好医生。”梅建强目光坚定地回答：“学医是我的理想，再苦再累也不会改变！”

就这样，梅建强走上了学医之路。走在这条路上，他也才真正明白，医生这个职业，在光环萦绕的背后，是常人无法体会的艰辛和永无止境的付出，如果没有一定的恒心和毅力，是根本无法坚持下去的，更别说成为名家了。

在大学校园里，他如鱼得水，大量汲取着医学知识。课堂上，他认真听讲，生怕错过老师讲解的每一个知识点。课堂外，他勤学苦思，为了更好地弄懂、弄通医学知识，与另外三名同窗自发成立了“倡山堂学社”，每天清晨和傍晚，手捧《黄帝内经》《伤寒杂病论》等经典医学书籍，齐声诵读、交流心得、切磋学习，成为校园一道美丽的风景。当别的同学已经休息，对中医着迷的他还在刻苦研读中医论著，并且熟记于心。梅建强也因此练就了一身过硬的“童子功”，这为他日后开展临床医学工作打下了坚实基础。

1984年6月，由于学习成绩优异，梅建强留校，任职于河北省中医院临床教研室，从此开启了中医临床实践生涯。为了汲取更多营养，他先后在脾胃病科、心血管科、肾病科等内科临床科室工作，后来又到急诊科，担任科室负责人。

在变换科室的过程中，梅建强一边不断学习、蓄积能量，一边为医院贡献、为患者服务，练就了一身真本领。特别是急诊科的那段时间，挑战性极强，在他的带领下，急诊科不断加强专科建设，经过十年的努力和奋斗，科室实现跨越式发展，急诊能力显著提高，在全国具有一定的影响力，2012年急诊科成为国家中医药管理局重点专科、重点学科。而梅建强这个名字，也在全国急诊界声名鹊起。

一分耕耘一分收获。2017年，梅建强实至名归，获得第二届“河北省名中医”荣誉称号。

他先后主持了河北省中医药管理局与河北省科技厅十多项科研课题，并获得了业界的一致认同。他潜心于中医学术，实践于中西医临床一线，在国家级及省级报刊发表学术论文四十余篇，主编、参编了《急危重症中西医诊疗》《中医急诊学》《中西医结合急救医学》《中医急重症学》《胃病研究》等中医规划教材与论著，获中国中医药管理局科技进步奖六项。他言传身教、诲人不倦，以高度责任心精心做好传帮带，培养了一大批省内外优秀中医人才，为传承发展中医做出了贡献。

几十年的辛勤付出，结出了累累硕果，而今他早已成为河北省中医界的翘楚，成为许多人心目中的楷模。然而，他并没有骄傲，没有停下探索的脚步。他深知，想要当好一名中医人，需要付出的努力还有很多、很多。所以，即便是在2010年，梅建强走上领导岗位，他依然未改初心，从门诊、查房，到下基层开展中医技术帮扶，每一件事都亲力亲为，并在工作的过程中不断求索，努力提升自己。

回首自己的中医梦，梅建强说："成为一名优秀的医生很难，成为一名优秀的中医更难，没有十年、二十年甚至更长时间的从业经验，很难成为一名良医。"

至今，他已在中医这条路上行走了三十六年，他也希望自己可以一直走下去，直到走不动为止……

作者简介

程雪莉，中国报告文学学会青委会常委，河北省作家协会副主席，石家庄市作家协会主席，河北省散文艺委会副主任。代表作有《立雪散文》《梦想家园》《故国中山》《寻找平山团》等，曾获河北省精神文明建设"五个一工程"奖、河北省文艺振兴奖、全国冰心散文奖、徐迟报告文学奖等。

高达，参与"CCTV-7当代革命军人核心价值观颁奖典礼"撰稿。作品先后发表于《人民日报》《光明日报》《中国青年报》《法制日报》《科技日报》等。

创作感言

采访梅建强教授，彻底改变了此前头脑中所谓中医是“慢郎中”、不能治急病的看法。原来，铃医救急，自古有之。想当年，华佗、扁鹊和孙思邈等名医，也曾是铃医，手拿串铃，肩挑药囊，悬壶济世，用精湛医术抢救了很多生命垂危的患者。他们的身影，出现在中国历史上的重大抗疫中，在人类康健繁衍中发挥着重大作用。而此次“梅寒傲雪战汉江”、业贵于专、琴心剑胆的梅教授，用三十六年来中医急诊经验，继承中医优良传统，责无旁贷地担当了抗击疫情的急先锋，为大国中医扬威，为燕赵大地添彩。本该浓墨重彩歌之咏之，但低调的梅教授选择了最为朴素严谨的这个版本。唯命从之，以示敬重。

赵鹤龄：一片冰心在玉壶

◎张强

06-03-0003-003

06-03-0003-004

获奖词

一场长达六小时的较量
他赢了，又夺回了一条生命
他一次次将战线前移
他奔走在疫情最重的医院
他一直参加各地重症会诊
他将会诊室搬到了感染病房
……
一个个危重时刻
有他在，重症室内就多了光明

引子：有一种风范叫低调谦逊

2020年4月6日，当我从河北新闻网看到赵鹤龄的获奖词时，双眼立刻在泪水中变得模糊……这位让新冠肺炎确诊病人提起来就想叩首感谢的大医，这位把沧州抗疫“专家会诊室”搬到感染病房的“最可爱拼命赵老头儿”，这位“只要看到他在场医生就有底气，敢大胆治疗；病人就有信心、有决心知道自己一定能治好，一定能活”的“重症传奇神医”，让我在感动中开始了对他的采访。

“采访我们赵主任是一件很难的事情，他从来都不接受采访。身为他的学生，我无法想象您用什么魔法能和赵老师谈了三个小时……”

这次采访的确如河北省人民医院重症科主治医师任珊博士所言，我是想尽了办法几经协调才见到赵鹤龄的。一个甘于寂寞的逆行者，其高尚在于他从来没感觉他的言行就是一种高尚，所以，自认为所做的一切皆本分，怎么愿意舍得宝贵时间，去配合采访他认为本就不值得的宣传？于是，我准备采取“迂回战术”，多采访他的同事和抗疫战友，以应对赵鹤龄式的低调谦逊。

关于这位“燕赵楷模·时代新人”，网络上除了一篇新近的新闻稿，没有任何其他有价值的“线索”。这种淡泊和低调，对于一位处在省级重症医学金字塔顶端的学科带头人来说，是极其罕见的，因此，我只得求助于他所在的单位——河北省人民医院。

赵鹤龄，男，汉族，1963年出生，硕士研究生导师，ICU科主任医师、教授，优秀科主任，担任河北省医学会重症医学分会主任委员、河北药学会重症药学分会首任主任委员、河北医师协会重症医师分会主任委员、中华医学会重症医学分会委员、中国医师协会重症医学医师分会常委等职务。

赵鹤龄同志从医三十多年来，始终不忘初心，牢记使命，忠诚践行“敬佑生命、救死扶伤、甘于奉献、大爱无疆”的职业精神，以高尚的医德、高超的医术履行了一名医生救死扶伤的天职，生动展现了医疗卫生行业医务工作者的良好精神风貌。

赵鹤龄同志所在的重症医学科，专门收治重症病人，注定了他工作的紧张节奏。多年来，他爱岗敬业，甘于奉献，带领团队始终坚持以病人为中心，急病人所急，想病人所想，竭诚为广大患者服务，不断提升团队的工作能力和技术水平，受到各级领导和广大患者的一致好评，多次被评为优秀科主任，获得2017年度河北省人民医院“首届十佳最美医师”称号，科室也荣获先进集体、“模范职工小家”等荣誉称号。

早在医院尚未成立重症医学科时，赵鹤龄同志就在完成日常工作的同时，经常推着呼吸机参加各科重症病人的抢救工作。一次在腹腔感染、感染性休克、ARDS患者的救治中，他坚守在病人床边十三个昼夜不回家，而他家就在医院内的宿舍楼……经过十三个昼夜的抢救，病人转危为安，脱离了危险。拖着疲惫的身躯，他毫无怨言，更多的是对重症病人救治成功后的欣慰。在那次对重症病人的救治过程中，经常有医院老专家的会诊，从老专家身上他看到了严谨的医疗态度和深厚渊博的医学知识，也更加坚定了他对重症医学的挚爱和追求。

作为重症医师，参加突发公共卫生事件中病人的救治工作是义不容辞的责任。在数次突发公共卫生事件中均能看到赵鹤龄同志的身影：2018年张家口“11·28”重大爆燃事故，他奉命于危难之际，从外地直接赶往事发地，担任重症救治组组长，不分昼夜投入战斗。在患者病情变化时，经常一夜不合眼地守护在患者床边，第二天又开始新一轮的查房与病情讨论；危重患者手术时全程看护；抛家舍业在救治一线，一去就是五十天，衣物都是家人给捎过去的。其间，八十多岁的老父亲因病住进县医院。得知情况后，他心急如焚，却又分身乏术，张家口这边的病人病情更重、更急、更需要他，他只能把老父亲托付给了县医院的同学帮忙照顾。作为儿子此时此刻不能守在父亲身边，他只有默默地忍受心中的焦急和愧疚。在他的坚强带领下，河北重症医学团队克服了种种困难，与烧伤医学团队密切合作圆满完成了救治任务，受到省领导、国家救治组领导的一致好评和高度赞扬，展示了河北重症医学的救治水平，为河北和医院争了光……我们希望国泰民安，但突发事件时有发生，赵鹤龄同志总是第一时间赶赴事发现场，指导救援工作，使伤亡尽可能降低。元旦、五一、端午节等节假日大家都能看到赵主任坚守在病人病床旁紧张忙碌的身影。

作为重症医学的学科带头人，赵鹤龄同志为科室的建设和发展，为我省重症医学的发展投入了全部的精力。为了提高全省的重症医学水平，促进ICU这个年轻专业的发展，他牺牲休息时间，奔波在省内各地传经送宝，受到了各地重症科同人的尊敬和称赞。多年来，他唯一的爱好就是读文献获新知，一直追寻专业的前沿知识和技术，并不断地向同行推广与交流，学术水平达到行业领先水平。通过开展重症基层行、ICU讲座等多种形式的专业培训，为我省重症医学专业水平的提升做出了积极贡献。

近年来，他积极开展科研新技术项目，作为第一作者，分别获得厅级一、二、三等奖各一项。作为硕士研究生导师，他培养了数十名优秀的研究生。这些研究生到工作所在地立即就能开展工作，“水平高，专业强”是各地对他培养的学生的最好赞誉。

“新时代赋予新使命，新使命呼唤新作为。”赵鹤龄同志将牢记使命、砥砺前行，以赤诚的大爱坚守岗位，以仁爱之心铸就“医魂”，不断增强广大患者的获得感，当好广大人民群众的健康守门人。

这是2020年抗击新冠病毒战役之前，他参评河北最美医生时的事迹简介，也是单位对他的评价和肯定。

2020年4月9日10点，在燕赵大地雨夹雪弥漫的倒春寒里，我前往被临时征用作为新冠抗疫办公和专家组临时居住地的沧州维也纳酒店，在赵鹤龄的临时住所兼办公室，采访到他本人及专家组的同事们。

有一种冲锋叫赵鹤龄式忠勇担当

急！急！急！2020年春节刚过，抗疫前线全面告急！我手头一份河北省人民医院提供的简报上，记录着赵鹤龄连轴转式抗疫冲锋轨迹：从河北省开始出现新冠肺炎病例之后，确诊患者均收治于河北省胸科医院和石家庄市第五医院。赵鹤龄主任作为省内重症专家组带头人，再次临危受命、勇挑重担，首先被抽调至市五院进行专家会诊和协助诊治等工作；2020年1月29日，沧州市人民医院重症隔离病房收治了一例危重患者，为了调配全省优质资源全力救治沧州的危重症患者，2月3日河北省人民医院接到河北省卫健委指示，赵鹤龄主任带领科室护理骨干马明立即奔赴沧州……在沧州期间，赵主任不仅作为专家组成员在后方指挥作战，还坚持到一线重症病房为患者进行诊治。从沧州回来之后，赵主任又到省卫健委远程会诊中心，负责全省的危重症患者会诊工作……

急需继续派出骨干驰援武汉！急需加派专家赴沧州坐镇现场指导会诊！急需专家支援邯郸……电话、微信、明传、视频会议……救治一线急了，河北省人民医院重症医学科主任赵鹤龄的手机几乎被打爆……2月19日，派出主治医师王志刚和主管护师韩卫彦奔赴武汉的同时，他亲自带领科室护理人员郝贵珍、王少培再次奔赴沧州。刚到定点医院，就赶上了“遭遇战”：新冠肺炎重症患者A由于突发急性左心衰休克，以往对心功能障碍患者常用的治疗方法用在A身上不但没有效果，生理体征反而越来越走向不可控，命悬一线，几近无望……狭路相逢勇者胜，习惯以智施治的赵鹤龄，带领救治小组经过认真分析心脏超声结果和病情变化，经过六小时抢救，病人生命体征逐渐平稳。他返回驻地已是凌晨1点……

为了对当时的情况有个全面了解，我采访了沧州市人民医院重症医学科护士长张迎。在本次抗疫工作中，她是作为“第一批带队护士长和第三批带队护士长”进入重症隔离病房的。2020年4月13日凌晨1点10分，她给我发来了邮件：

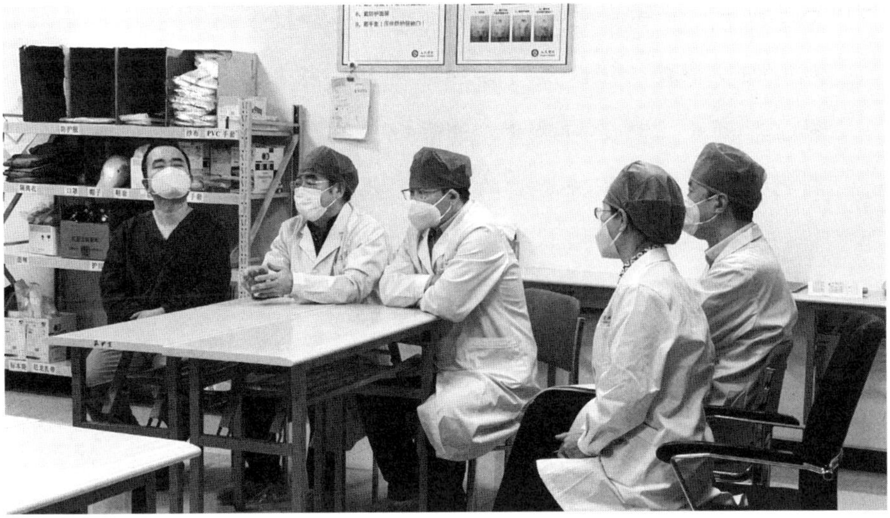

赵鹤龄（左二）在沧州定点医院新冠肺炎病区主持讨论病情

3月28日，是省新冠肺炎医疗救治专家组成员、省人民医院重症医学科赵主任在我们沧州市人民医院坚守的第四十六天。结束了一天的工作，20点，他又和往常一样，打开电脑参加视频会议，与全国各地专家分享和交流新冠肺炎重症患者救治的典型案例及经验。会议结束，已经22点多了。他从大年初一开始就参加了各地首例确诊及重症病例远程会诊工作。到达我们医院后，他立即组织开展病例病情研讨，提出了新冠肺炎患者按病情分层管理，优化了重症病例医护管理团队，明确了责任医师，组织协调多专业团队医护人员发挥各自专业特长，切实降低重症病例并发症和死亡率。

2月19日，由石家庄、唐山、承德、保定等省内各地十余名不同科室的专家组成的新冠肺炎重症病例救治组，在我们沧州市人民医院建立了“专家会诊室”，共同指导重症、危重症患者的救治工作。赵主任担任组长。刚开始，患者经常会有休克、心衰、呼吸衰竭等急危重症状况。赵主任每天带领我们整个救治团队成员详细分析每位患者的各项指标、数据，时刻关注患者的病情，并叮嘱大家患者有情况随时给他打电话。为及时掌握患者的病情变化情况，赵主任冒着危险将“专家会诊室”搬到感染病房的清洁区，以便遇到突发情况，随时穿上防护服进入病房参与救治。

尤其是历时六个多小时的应激性心肌病的急救经历，为河北省新冠肺炎患者的救治提供了非常有价值的参考。针对PICCO监测、支气管肺泡灌洗、呼吸机和ECMO治疗下行CT检查、抗凝治疗中的气管切开、人工咳嗽排痰等感染高风险的操作，赵主任带领团队制定了严格的防护措施及应急预案。尽管工作繁忙，但一旦遇到患者呼吸机撤机拔管、休克等危急时刻，赵主任都会选择留在病房，尽量将风险降到最低。“多一份坚守，就给患者多一份生的希望。”这是赵主任经常语重心长地对我们说的话。

为了得到他领衔的临床治疗团队之外的客观评价，我又专门采访了河北省驻沧州专家组协调员、沧州卫健委主任科员王文赏。这位业务精湛、洒脱干练，跟随专家组鏖战在抗疫最前线的女勇士，红着眼圈给我讲述了下面这段饱含信息量的“新冠抗疫战果”：赵主任带领的重症医护团队组织严密，针对感染高风险的操作，制定了严格的防护措施及应急预案，开创了我省多项新冠肺炎重症病例检查及治疗的先河，在科学、规范、有序的防控工作下，整个医护团队保持零感染，患者未出现院内感染，为打赢疫情防控阻击战提供了坚实保障。赵主任在担任救治组长时就叮嘱大家：“按医疗护理规范实施精准救治，有成绩是大家的，有问题我来承担。”

采访王文赏时，旁边一位年轻护士插了一句话：“你们说的术语太多太麻烦，没学过医的听起来太费劲，要我说就两个事：一是赵主任率领的整个沧州医护团队保持零感染，沧州患者也是院内零感染；二是新冠病毒好像怕赵主任，赵主任只要在沧州盯着，确诊病号多危重都能治好……”说完，这个脸上洋溢着胜利者团队成员自豪表情的姑娘吐了吐舌头。

医疗救治专家组成员、承德医学院主任医师滑立伟，还和我讲述了赵鹤龄带头冲锋逆行的感人故事：赵主任从来沧州的第一天起，每天参加危重症患者的早教班，详细了解患者病情的第一手资料。他说：“没有亲自看到患者的病情，就有可能做出错误的判断。”他想进入病区到病床旁亲自查看患者，但当地领导小组考虑到专家的安全，起初不同意，他亲自请示省防控领导小组，并与当地反复沟通，最终达成共识。只要患者病情发生变化，他就会出现在患者的身旁，仔细查看患者情况，调试呼吸机参数，得到第一手资料，做出准确判断后，再制定下一步治疗方案。并通过与一线医护的沟通，鼓舞一线人员的士气。后期患者情况好转，经过反复评估，决定降低防护级别，他又带领大家来到患者身旁……

采访沧州市中心医院支援定点医院新冠危重症救治组组长、沧州市中心医院急诊医学部专家李勇时，他总结这次抗疫工作要向赵鹤龄主任学习的五个方面：一是处变不惊。赵主任在沧州指导抢救的这几例新冠危重症病人，病情非常复杂。在患者病情变化，需要做出重大决定的时候，赵主任均淡定从容，没有一丝慌乱，能够及时稳定大家的情绪。同时在遇到困难的时候，他总能找到好办法解决问题。二是知识渊博。重症医学涉及知识面广，但是，赵主任在ECMO、机械通气、血流动力学、抗感染、营养、镇痛镇静等方面的理论和实践均很丰富，业务很扎实。三是勤奋好学。这个本该用在年轻人身上的词语，用在赵主任身上却恰如其分。面对新出现的问题和困难，赵主任总是利用会诊讨论的间歇时间，查阅国际及国内的新指南、新研究、新文献，找到学术最前沿的诊断标准和治疗手段。四是果敢心细。赵主任能注意到病人病情的每一丝变化，关注到化验和影像的每一丝改变，所以他能掌握病人的全面资料。病人诊断和治疗需要做出决定的时候，赵主任在充分听取其他专家意见的基础上果断拍板，体现了一个重症医学大家的能力和担当。五是执着坚守。自2020年2月3日一直到4月10日，除了回到省会参与全省新冠危重症的远程会诊以外，在长达两个月的时间里，赵主任作为国家一流、省内顶级重症医学专家，一直坐镇沧州。针对沧州市新冠肺炎病例的具体情况，提出实行分层分组管理：轻症患者由呼吸专家带队管理，重症和危重症由重症和急诊专家带队管理，保证了不同层次病人得到优质医疗技术力量的救治，有效促进了沧州市医疗资源的合理应用。赵主任的惯常时间表是：上午参加市专家组进行的患者病情交班总结，制定当天的诊治方案；下午带领市专家组通过远程会诊与国家级、省级专家组进行病情研讨；晚上一旦病人病情有变化，随时电话沟通交流。好几次患者出现危重情况，赵主任不顾他人劝阻，冒

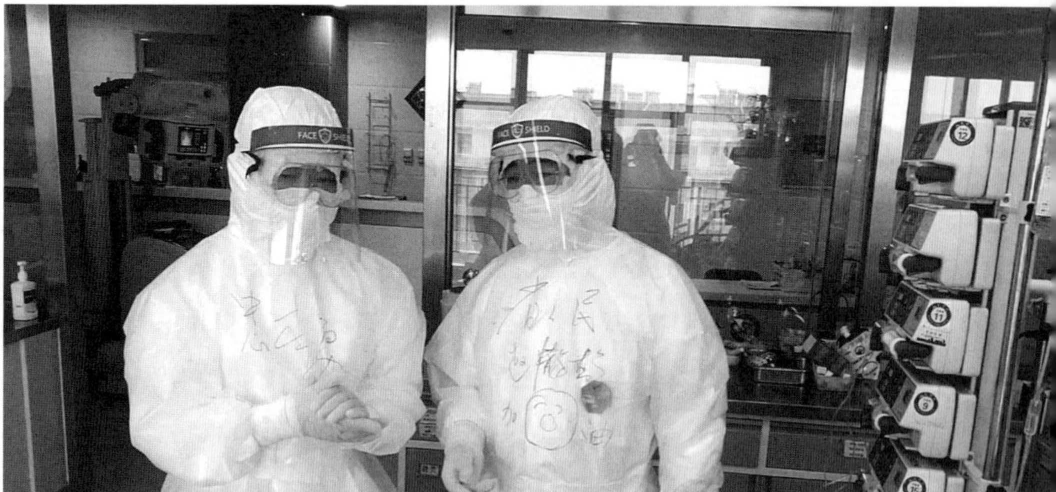

赵鹤龄（*右*）在沧州定点医院重症新冠肺炎病人病房查房

风险进入感染病区，通过对病人的床边检查和查房，迅速采取治疗措施，化险为夷。赵主任常挂在嘴边的一句话是："我们离病人越近，能够获得的资料就越多、越及时。"

有一种无悔叫赵鹤龄式习惯逆行

一见面，心直口快的河北省人民医院重症科护理骨干、护理组长、主管护师郝贵珍就和我讲起赵鹤龄主任带领他们一次次惊心动魄的逆行："2003年我们医院筹建ICU，我从心胸外科调入ICU，认识了赵主任，成为他团队的一员，至今已经十七个年头了。2018年11月28日之前，我对赵主任的印象很笼统，没有什么深刻的感受。赵主任给人的整体感觉是：话少、不急不躁、温和、踏实、爱学习、认真、勤奋。当时尤其喜欢听赵主任讲课，内容丰满，条理特别清晰，每次都会有收获。听课以外，跟赵主任的沟通就很少很少了，让我们'三个女人一台戏'的女同胞偶尔有些闷闷的感觉吧。2018年张家口'11·28'重大爆燃事故发生后，我被抽调去张家口支援。当时赵主任任救治组组长，我在出发前问主任我去了之后干什么。主任只告诉我，在自己科室干什么去了以后还干什么。然后我心里就记下了这句话。出发那天，临上火车突然接到主任的电话，问上车没有，带厚衣服了没有，几点到站，说已安排好接站的人，酒店已安排好房间……其实当时心里还是有点儿小小的意外，主任那么忙，还记得嘱咐这些小事，随后便感到小小的温暖。在定点救治医院，他白天很忙，7点20分进病房，晨起交班前已经看完病人，交班后带领所有医生床旁查房；从病房出来，边走边跟管床值班医生讨论分析病情，还负责解答疑问；往往这个时候人会越聚越多，最后大家就都站定在楼道里，以赵主任为中心围成圈。我每天都会站在最外围的位置，听他对病人病情的分析，或就某个知识点大家展开热烈的讨论，少则五六个人，多的时候有二十多人。后来，我们笑称这个样子叫‘早间专家共识’。这个医院的查房讨论结束，治疗方案确定完，还要赶到另外一家定点医院，查看其他受伤的患者；如果患者病情无波动，没有特殊情况，他回到酒店用午餐基本都在12点30分以后；稍稍午休后，下午又要查看各种化验及病历记录等。这些忙碌的日子中间，还会穿插给患者做手术。当时我去接送患者的时候特意留意过，整个手术间没有凳子，没有坐的地方，主任全程站着盯手术监测病人。手术结束后，麻醉科医生交接完都走了，主任接着在病房监测术后的病情变化。当时两个院区的病人交叉都有去痂清创植皮手术，主任就这样连轴转着。我没有认真统计过他每一天的工作时间到底有多长，但我特别清楚地记得，我基本没有在餐厅正点晚餐的时间见过他。忙碌的工作有条不紊进行期间，主任还安排每隔一天的下午进行专业学习，安排大家轮流做PPT授课。还清晰地记得，21点跟主任去查房，回到宾馆已23点30分了；第二天凌晨1点，患者病情出现波动，主任又去床旁指挥抢救了。有次21点去查房，处理完状况，等患者平稳，已经凌晨2点30分了，主任没有打扰司机师傅，自己在张家口寒冬的凌晨走回宾馆。一次晨起交班，主任鼻音特别重，一直在打喷嚏，明显是重感冒了，询问主任得知，前一晚半夜12点的时候患者病情有波动，他接到值班医生的电话，着急出门赶往医院，着凉了。好几次晨交班发现主任脸色很差，后来才得知，主任在另外的院区指挥抢救患者到凌晨5点，才回宾馆洗漱稍事休整，7点30分已经在这边开始交班查房了……没有惊天动地的大事件大动作，每天都是细碎甚至是重复的工作：观察呼吸机、各种监测设备、化验单上甚至小数点后的数字变化；床旁仔细查体，认真做出比对，判断患者的病情发展，调整并制定出治疗方案；危重患者的病情瞬息变化，很多时候是随时分析那些数字及体征的变化，随时调整治疗方案。他就是这样，日复一日，一丝不苟地坚守着……”

二十九岁主管护师马明，已经在赵鹤龄麾下从事重症护理六年。他用严谨的叙述习惯，向我讲述了他俩第一次赴沧州逆行上阵的故事。新冠肺炎疫情发生后，2020年2月2日晚上，医院通知他准备与赵鹤龄主任第二天一早出发去沧州。当时沧州形势比较严峻。第二天早上，为了避免科里人送行，赵主任决定从家出发……这是他第一次与主任单独出行，内心不免有些小紧张，一路上没有与赵主任做过多的交流。经过大约三个小时的车程，他们于11点15分抵达沧州市人民医院医专院区。到医院后的第一件事，就是听取医疗组负责人进行相关病情汇报，了解他们急需解决的问题。刚去的几天，每天在医院一待就是一整天，一般都是早上8点30分之前到，晚上八九点才回住处，有时回去晚食堂都没饭了。赵主任经常对他说，如果能住在医院附近就好了，这样每天就不用等车来接送他们，也可以随时去医院。一天早上，他明显地看出主任很高兴，后来一问才知道，那天病人情况比较稳定，在向好的方向发展。除此之外，主任嘱咐他最多的是“病人有任何情况随时给我打电话”。赵主任治病特别仔细，具有工匠精神，在他眼里病人的任何问题都是大问题，总是一步步剖析，寻找问题的症结所在。

在整个采访中，这位医学权威时不时流露出某种不安和不好意思。“重症医学科医生理应冲在最前面……”“对比武汉救治前线我们的危险程度、工作量和压力要小得多，我感觉我们真的就是尽力做好一个医生的本分……”“中西医结合治疗的胜利是文化自信的胜利！”“组织上要求我们配合整理总结我们的工作情况，千万要实事求是，千万不能拔高……”“我们取得疫情防控的胜利是因为我们赶上了一个伟大的时代，我们工作生活在中国这样一个伟大的国家，放眼全世界哪一个国家的执政党做到了咱们中国共产党这样真心实意和人民在一起？哪一个国家的领导人能够做到咱们习近平总书记这样永远和人民心贴心？这才是我们一线抗疫战斗者最强大的精神动力和最大的底气！”

有一种不言叫赵鹤龄式下自成蹊

清晨，带着甩掉采访前那些忐忑和顾虑的轻松和坦荡，我行走在古老京杭大运河边的倒春寒里，如洗的蓝天，像一个广大的圆盘覆盖在清冷的沧州上空。回想昨晚那个不眠之夜，窗外的雨点，一阵慢，一阵紧，敲打着窗棂……我很难猜想与他并肩战斗的战友们，在即将完成使命之时，最想和赵鹤龄说点儿什么。

“他待人和蔼，没有架子，和我们一线医护人员打成一片，我们休息时，常叫他敬爱的赵老头儿……”王文赏如是说。

“我的恩师时刻把病人安危放在首位。他常说：‘病人的事无小事！’医术高超，精益求精，不放过任何一个异常的体征及化验指标，认真分析病情，给出正确的治疗方案。指导年轻医师规范书写病例、认真对待每项医疗工作，并要求对于重症病人的管理要守在病人床边动态评估。他是我最尊敬的领导和恩师，学习工作了十余年，是他把我领进了重症医学殿堂的大门，教授我知识和本领。我的一点一滴的成长和进步都离不开他的悉心培养和帮助，我会时刻以他为榜样。他高尚的品德、精湛的医术、认真严谨的作风永远激励着我们不断前进。”任珊如是说。

“每一名驻沧州省级专家的健康问题他都记在心里，悉心照顾，合理安排工作。有一位专家接近退休年龄，患有严重高血压，他和当地医院沟通，送来了降压药物和血压计，并安排远程会诊，直到这位专家血压稳定。2月20日，我接到爱人哭着打来的电话，她说由于路滑摔倒了，髌骨粉碎性骨折，需住院手术。赵主任发现了我的情绪波动，问我有什么事。我如实和他讲了，说想回家一趟。他沉思了好一会儿，说道：‘你爱人也是医务工作者，特殊时期她会理解，你往返一趟少说两天，而且赶不上手术签字。咱们这里正是疫情最严重的时期，家里的困难我和你们医院沟通，帮你解除后顾之忧。’他语重心长地开导我，给予我兄长般的关怀，询问我爱人的情况成了我们每天见面后第一句话。两个月的朝夕相处，收获的不仅仅是赵主任的传道授业，更多的是一名医者的责任与担当。如果要对赵主任说一句话，我会说：‘但愿还有机会当你的兵。’”滑立伟如是说。

“在张家口支援救治任务即将结束的时候，一天凌晨2点，赵主任在医疗组的微信群里，发了一首劝患者的小诗：

四海五湖聚张垣，
条修叶贯筑长城。
克难攻坚战病魔，
同心同德强医能。

“张家口之行，我有幸站在主任的身边。我想，他肯定是内心满怀激情和梦想的，否则他怎么会不厌其烦、孜孜不倦地传播治病救人的理念和技能，坚定而执着？他肯定是快乐地享受着工作的状态，否则他怎么会忘记时间和疲惫，在复杂多变的病情变化中抽丝剥茧，日复一日？这次他带领我们六个护理战士在沧州一线与新冠病毒决战，我想他肯定是深深爱着他重症医生的身份，否则他怎么会忘我地解救患者于病痛之中，坚韧而温暖？我想，赵主任一定是心里有光的人。”郝贵珍如是说。

“在本次抗疫工作中，我作为河北省第一批援鄂医疗队重症组医师，支援武汉市七院，奋战了五十五天。临行前，主任千叮咛万嘱咐，一定按规范做好防护，尽全力救治每名患者，充分展现我们河北医务工作者的担当与实力。我到武汉后，主任也经常发微信提醒我做好防护，注意休息。需要什么东西就给我寄过来，就像一位家长关心自己孩子一样。此次新冠肺炎重症病人病情复杂，尤其对肺部造成的损害不同于以往冠状病毒造成的损害，其病理生理改变特殊，对我们的临床救治是一个挑战。我科支援武汉人员和支援沧州人员专门建立了一个微信群，我们将临床遇到的问题及时与主任沟通，主任都能给我们满意的答复，解除了我们很多疑惑，使我们的新冠肺炎重症患者得到了很好的救治，生存率很高。主任最让我敬佩的就是他的敬业精神。有时候年轻大夫值班，遇到病情复杂的病人，担心自己处理不好，就给主任打电话。主任不管多晚都会从家中来到科室，认真查看病人，分析病情，指导下一步治疗，还经常会留下来陪着我们一起值夜班。平时，主任晚上在家基本都是午夜12点之后才睡，他会看很多国际学术期刊最新发表的英文文献。他做的课件内容丰富，信息量极大，全部引用最新国际权威文献，让我们这些后辈自愧弗如。我想对主任说，您是我一生学习的榜样，您的医德医术让我敬佩，您是我心中的偶像。还有一点想说，您少抽点儿烟，每天早点儿睡觉吧，多注意身体。”河北省人民医院重症医学科主治医师白银箱如是说。

“与赵主任分别之际，最想说的话是：感谢您六十天对沧州医疗的无私援助，感谢您六十天来的力挽狂澜。寒冬冰雪来送炭，春暖花开功成回。希望您和您的团队带着沧州人民的美好祝福，一路顺风，一切安好！”李勇如是说。

“没有从天而降的英雄，只有挺身而出的凡人”。但是，英雄就是英雄，他们惊天地泣鬼神！让我不禁想起：公元1976年7月28日那场将我的故乡唐山夷为废墟的巨大灾难，让人类冷静地思考了一年又一年！唐山抗震纪念碑碑文中，有这样几句厚重的表述：“此间一砖一瓦一草一木，都宣示着如斯真理：中国共产党英明伟大，社会主义制度无比优越，人民解放军忠贞可靠，自主命运之人民不可折服。”

我坚信：这段铭刻在唐山抗震纪念碑上的最客观、最写实的汉字文本，适用于1949年10月1日中国人民站起来以后神州大地上所有抗击灾难的斗争！

作者简介

张强，中国通俗文艺研究会常务理事，中广联编剧工委成员，中国散文学会会员，中国诗歌学会会员，中国音乐文学学会会员。曾获全国冰心散文奖、河北省精神文明建设“五个一工程”奖、河北文艺振兴奖。

创作感言

“唱支山歌给党听，我把党来比母亲；母亲只生了我的身，党的光辉照我心。”在创作抗疫题材报告文学《一片冰心在玉壶》的日子里，我戴着耳机反复听着这首红色老歌……有幸能够有机会走近和走进燕赵抗疫楷模赵鹤龄的精神高地，参与记录这段令人难忘的时光和感天动地的楷模事迹，用手中的笔记录抗击疫情这个看不见硝烟的战场上所发生的生与死、得与失、荣与辱，这是我一个入党近二十年的普通共产党员和笔耕三十多年的写作者的最大荣幸！

贾肇一：青春不负凌云志

◎孟醒石

06-03-0003-005

06-03-0003-006

获奖词

带队远征，他冲锋在前
他为林区第一名病人采集咽拭子
却又小心翼翼
因为随时可能与病毒『零距离』接触
为了第一时间反馈结果
三到四个小时的检测过程，他片刻不离
……
在多次与病毒正面交锋后
他充满信心『对每一例检测结果负责』

出征神农架

2020年1月31日，农历正月初七，上午10时许，G309次列车偌大的车厢内，只有一男三女四个年轻人。他们都穿着暗红色制服，戴着口罩，一言不发，沉浸在自己的世界中。车轮擦着火花飞驰的声音，因空旷和宁静十分清晰。

列车正沿着京广线南下。湖北发生的新型冠状病毒感染的肺炎疫情，牵动着全国人民的心。根据党中央、国务院的决策部署，国家卫健委统筹安排，十九个省份对口支援湖北省除武汉市十六个市州及县级市。其中，河北省对口支援湖北神农架林区，省疾控中心率先派出应急检测队。

这名男子名叫贾肇一，是河北省疾控中心副主任技师、河北支援神农架林区应急检测队队长兼临时党支部书记。三名女子是应急检测队队员田美娜、朱怡青、刘萌。

神农架林区，他们四位都没去过。少年时代受通俗读物的影响，提起“神农架”，第一印象，就是恐怖的原始森林，野人“大脚怪”出没的地方。女生们都害怕。再查资料，野人只是传说，但林区真有金丝猴、华南虎、金钱豹、黄喉貂、秃鹫、狗熊、野狼、毒蛇……同样令人心悸。

但贾肇一不怕。他没去过武汉，但游过宜昌，饱览湖北繁华胜景，鄂西烟火人家。宜昌距离神农架很近。此次出征，他们乘坐的高铁也是从宜昌站下车，再转乘汽车去神农架。

贾肇一是沧州人。宋朝米芾有诗云：“几番画角催红日，无事沧州起白烟。”

一百三十多年前，也有一位沧州人，曾多次从故乡河北南下广州。他深知前行之路有多么艰难、家国发展之路有多么曲折。

这个人就是沧州南皮人张之洞。光绪十五年（1889年），张之洞上奏朝廷，建议修筑一条自卢沟桥至汉口的卢汉铁路，以贯通南北。张之洞在奏章中说，卢汉铁路是“干路之枢纽，枝路之始基，而中国大利之萃也”。朝廷准奏，为修铁路，调张之洞任湖广总督。

卢汉铁路的修建，促进了民族工商业的崛起，武汉成为九省通衢，张之洞也被后人称为“武汉城市之父”“中国近代工业文明先驱”。

当时，石家庄还是仅有六百多人的小村庄，卢汉铁路设立石家庄站，后来正太铁路与之交会，一座大城市崛起。可以说，没有卢汉铁路，也就没有今天的石家庄。

河北人张之洞造就了武汉城，武汉城在某种意义上助力了石家庄。饮水思源，湖北与河北，武汉与石家庄，虽然相隔千里，却互相成就了彼此。

贾肇一想，在神州大地上，各种事物都能发生神奇的联系。我们走到哪里，哪里就是故乡。每一寸山河，都值得我们去深爱；每一位同胞，都是我们的亲人……

当年张之洞乘坐马车到武汉，足足走了两个月。此次，贾肇一他们乘坐高铁到宜昌，只需要五个小时。

五个小时的路，有时感觉很短很短，一本书没有读完，就到了；有时感觉很长很长，值得用一生不断抵达。

田美娜打开手机微信朋友圈，看到上午9点出征仪式的照片刷屏了。单位领导、同事、亲属、朋友以各种方式在关心着他们，鼓励着他们，让他们意识到：“我们不是独自在战斗！”

有一篇新闻《宝贝别哭，妈妈抱抱，拜拜》，拍摄的就是田美娜与孩子分别的场面，更是让她泪流满面。

田美娜随手在手机记事本上写道："这节车厢里，就我们四个人，特别有一种一腔孤勇的感觉，对我来说，在疾控工作，只是一种谋生的手段，但又不全是，有职业精神，有不能推脱的责任，这些都在潜意识里，所以，拔腿走的时候，也是五味杂陈的，并不是完全的个人英雄主义，这才是真正鲜活的人……兄弟姐妹们，你们守护好各自的家，守护好河北，我们替你们深入病毒的老巢，杀它个干干净净！"

列车抵达宜昌站，长长的十几节高铁车厢，只为他们开门，也只有他们四名队员下车。贾肇一望着熟悉的车站，与上次记忆中游历过的喧嚣的宜昌城相比，形成强烈的反差。面对这种反差，贾肇一忽然有了一种使命感。

这种使命感，说不清，道不明，超越哲学，超越文学，超越历史，抽象到一定程度，具有跨越时间的能力和高度。

神农架林区疾控中心的人早已在车站等候多时，双方会合后，乘坐汽车奔赴林区。一路上，所有的沿街门市、高楼大厦都是关闭状态。即使有政府授予的道路通行证作为"通关文牒"，也要面临各种各样的检查。

一路上，官方和民间自发的大大小小关卡共有十几个，每一个关卡都有工作人员严格认真地对进出车辆内外喷洒消毒剂，对过往人员进行信息登记和体温测量，检查通行证和车辆信息。当地政府和民间严格的道路管控措施，显示了湖北人民战胜疫情的斗志和决心，也增长了他们必胜的信念。

从宜昌站到神农架林区疾控中心，七个小时的车程，有四个小时走盘山路。不用提醒，四个"80后""90后"年轻人的心，都凝聚在一起，团结在一起；不用暗示，四位青年相互砥砺。

年轻人就是这么充满朝气和活力！即使眼底藏着泪滴，也一路欢声笑语。

这是一支平均年龄不足三十五岁的队伍，四名队员都是高学历、高职称的检测尖兵，作为疾控中心的青年骨干，他们不畏艰险、毅然逆行，彰显着新时代疾控青年的蓬勃力量。当他们离开年迈的父母、挚爱的亲人、年幼的孩子，踏上空寂的列车，勇毅出征的时候；当他们转乘汽车在布满厚厚积雪的盘山路上艰难前行的时候；当他们经过一道道防疫关卡，星夜兼程的时候；没有人知道他们何时才能回来，更无从知晓疫情的走向。

面对巨大的未知，贾肇一暗自发誓，竭尽全力帮助神农架林区渡过难关，完成检测任务，把所有队员安全带回石家庄。

父子报国情

笔者问贾肇一："为什么选你当领队？"

贾肇一笑着回答："因为就我一个男的，在神农架深山老林、野人出

出征的集结号嘹亮，在燕赵大地回响

没的地方，关键时刻，可以当护花使者呀。”

他在开玩笑。绝非这么简单，一切还要从头儿说起。

贾肇一，今年三十七岁，在沧州市出生，长大。

父亲贾荣轩，出生在海兴县农村，家境十分贫寒，学习非常刻苦，在煤油灯下日夜诵读，成为恢复高考后的首届大学生，也是当时海兴县为数不多凭真本事跳出农门的人。贾荣轩大学学习的专业是生物学，毕业后被分配到沧州市疾病预防控制部门工作，并加入中国共产党。

“父亲年轻时脾气很大，对我的管教十分严格，而我天生的性格比较随意，喜欢安逸，小时候我学习的努力程度不够，做事丢三落四，达不到父亲的要求，经常被父亲责骂。”贾肇一说，父亲对他的要求极其严苛，总是要求他不断地学习进步，精益求精。这种事事追求完美、严谨认真的作风，无形之中传递给了他，使他受益终身。

贾肇一小时候，父亲贾荣轩经常下乡防疫，一走就是好几天。每次他都依依不舍。后来才理解，那是一种责任和担当。

父亲对贾肇一的影响是巨大的，贾肇一从小就对生物学兴趣浓厚，读本科选择的是生物技术专业，读研究生学习的是微生物学专业。

贾肇一参加工作以来，主要从事细菌性病原学检测的工作。

2013年，作为技术骨干，他开始致力于河北省疾控中心加入国家Pulse Net China分子分型实验室监测网络的工作。

2015年7月，他代表河北省参加全国突发急性传染病中毒事件应急处置技能竞赛复赛和决赛，最终获得二等奖。2016年7月，特大暴雨在太行山脉东麓降临，贾肇一作为河北省抗洪救灾防疫工作队一员，第一批赶赴邢台灾区，圆满完成督导、巡查、应急任务。

2020年1月21日，腊月二十七，贾肇一他们就开始进入新冠病毒检测实验室，进行河北省的病例确诊工作，为全省疫情防控提供最准确的实验室数据。

大年三十、初一、初二，万家团聚之时，贾肇一都坚守在岗位上，和冰凉的仪器一起度过。贾肇一说，他并不孤单，因为每一份标本后面都连着一个家庭，早一分钟确诊，就能让病人的成功救治多一分希望，让疫情的扩散传播少一分风险。

父母退休后，从沧州搬到了石家庄。得知武汉疫情十分严重，父亲日夜为武汉焦虑着急。

贾肇一打来电话告诉父亲，自己要报名请战到湖北一线，父亲对他说："去吧。我理解你。作为疾控人，疫情发生后，你不战斗在一线，将来会后悔一辈子的。"

男儿立于天地间，得有所承担，当集结号响起，前线战火硝烟弥漫，身为战士，龟缩不前，肯定会在懊悔中度过余生。父亲深知贾肇一肩头的责任，两代共产党员的信念，在血脉中默默传递。

1月29日，中国疾控中心组织全国各省疾控对口支援湖北开展新冠病毒的实验室检测工作。

河北省疾控中心党委经过认真筛选，决定派贾肇一等四位核心技术骨干奔赴湖北一线，为抗击疫情贡献河北力量。

虽然报名时义无反顾，但当要奔赴前线，心中的牵挂依然很多。

贾肇一放心不下父母。半年前，父亲贾荣轩刚做了胸椎手术，母亲刚做了腰椎手术，二老行动多有不便。

贾肇一放心不下九岁的儿子。前段时间，贾肇一骑电动自行车送儿子去上辅导班，路上颠簸，拐弯时不慎把孩子摔了下来，造成锁骨骨折。至今儿子伤痛未愈，贾肇一心中十分内疚。

但他深知，真正的孝心，不只是每天嘘寒问暖，而是让父辈的事业在自己的手中得到传承。人生在世，留给下一代的最好的礼物，不是财富，而是勇气和担当，是为人的责任和爱国情怀。教育子女，举一千个古今中外的模范事例，不如家长来一次勇往直前的行动。

妻子魏雅，在石家庄市医疗保障局工作，也是一名优秀的共产党员。虽然依依不舍，几度落泪，但还是深明大义，把公婆接到家中照顾，默默地为贾肇一做好后盾。

魏雅所在的处室承担了石家庄市医保局疫情防控工作，涉及参保新冠患者报销、医疗机构预付金拨付工作，责任重、工作繁多。白天，她奋斗在社区抗疫一线；晚上，她收拾家务、辅导孩子功课。她用行动表达了对党的忠诚与承诺，抒发了对事业的执着与热爱，谱写了对家庭的责任与温情。她说："没有国，哪有家！关键的时候，党员就应该顶上去！"

在1月31日的出征仪式上，贾肇一作为代表表示：应急检验队全体，一定充分弘扬疾控人不怕吃苦、敢打硬仗的职业精神，怀着必胜的信念，迎面痛击疫魔蔓延的触角，用过硬的技术，精准检测每份病毒样本，绝不放过一个潜在风险，尽最大可能阻止疫情进一步传播，誓与湖北人民共渡难关，捍卫人民生命健康，打赢这场疫情防控阻击战。

尖兵探雷区

2月1日，早上醒来，河北应急检测队四个人却无心看风景，不顾舟车劳顿，要求立即投身病毒核酸检测工作。"早诊断，早治疗，才能为患者康复争取更多机会。"贾肇一说。

"神农架林区属于鄂西北山区，85%以上的面积是深山老林。在此工作的外地人居多，分散在大山的各个角落，调查采样行动起来非常不便。林区常住人口不足八万，在武汉过年的有八千多人，防控压力极为严峻。疫情发生后，这里成了一座孤岛，在外过年的医护人员回不来，应急物资也很难调配到位，人员和物资极度缺乏。河北检测队的火速驰援，无疑是一场及时雨，解了我们的燃眉之急。”当地疾控中心工作人员介绍，“目前，我们林区医院的医护人员缺乏采样经验，急需你们进行专业培训。”

为了把风险降至最低，贾肇一只同意田美娜在一旁协助。从工具准备、个人防护的穿脱开始，手把手传授每个操作环节，亲自采咽拭子，边示范，边进行详细讲解，对可能存在的安全隐患和预防、处理措施一一进行提醒。

他全程指导该院医护人员进入实战，完成所有发热患者的采样工作，并就样品的存放、运送，个人防护设备的消毒处理，和林区相关工作人员进行技术交流。

林区疾控中心是整个神农架唯一能进行新冠病毒核酸检验的机构，相比省级实验室，硬件设施较为陈旧，整个实验过程受限，存在一定生物安全隐患。

面对种种问题和困难，贾肇一带领大家，仅用半天时间就完成了实验

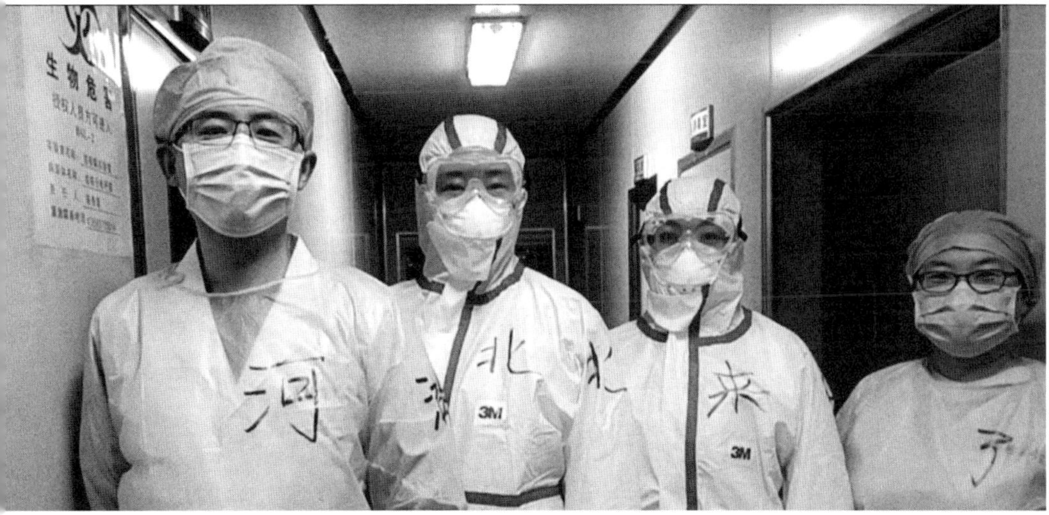

应急检测队合影（左一为贾肇一）

流程优化、实验环节衔接、仪器生物安全评估等工作。

在对林区疾控中心实验室优化的过程中，贾肇一发现，父亲平时和自己交流的一些实验室建设、质量体系类的内容，都成为自己这次支援湖北神农架工作的巨大助力。

“这次出征，我对父亲认真的工作态度和对专业知识的不断求索，真的有了更深层次的理解，特别地钦佩。”贾肇一说，“现在谈超越父亲还早，希望能够不断传承。”

为提高检测效率，河北应急检测队开足马力，每日加班到凌晨，保证样品即到即检，日清日结。

当了解到林区实验室防护物资紧缺后，贾肇一及时向河北省疾控中心领导汇报。中心在自身防控物资紧张的情况下，协调向神农架林区捐赠了急需的医用N95口罩、病毒采样管、防护面屏和护目镜等防控物资。

在前线指挥部领导大力支持下，贾肇一又积极联系协调，争取到河北省支援的多重PCR检测设备一套，对疑似病例的多病原进行快速筛查，大大提升了林区疾控的整体检测水平。

“我们不希望出现阳性的结果，因为出现阳性结果就意味着将会有人被判定为确诊病例，病人将面临生死考验。同时我们也希望检测出阳性，因为及时检测出确诊病例，就可以早一分钟锁定传染源，切断病毒的传播，保护更多的人。”贾肇一告诉笔者，“确诊病人在康复前，需要两次核酸检测为阴性才能出院，每次我们检测这种样本时，心里都期望着结果是阴性，这样就证明病人已好转，与达到出院标准又进了一步。确诊病人中有一对双胞胎孩子，一个已经出院了，另一个在病房中多次检测都是阳性，我们心里同样很着急，生怕孩子在医院出现问题，每次检测都盼着结果转为阴性。确诊病例中还有一位老大爷，有着各种基础疾病，我们对他的结果也是很关注，怕老人家无法走出病房。当他的检测结果转为阴性

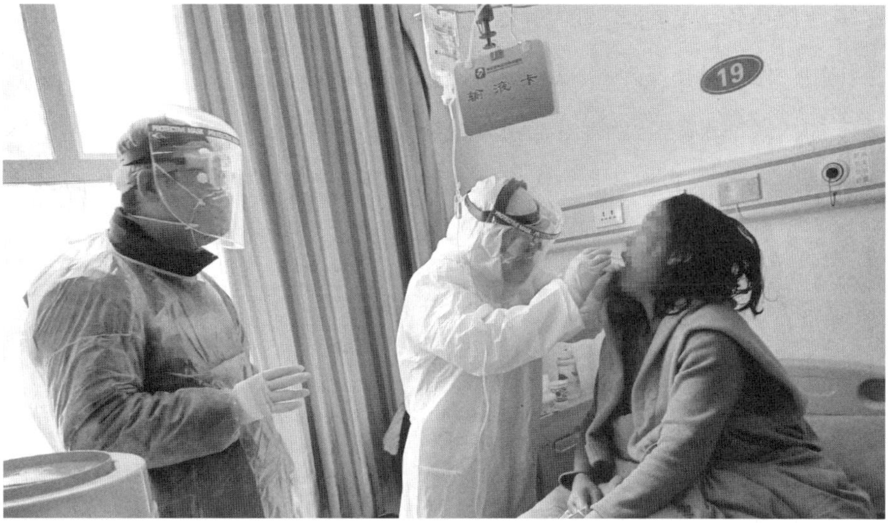

现场指导采样，随时可能与病毒“零距离”接触

时，我们真的都大大松了一口气。”

《孟子·梁惠王上》：“老吾老，以及人之老；幼吾幼，以及人之幼。天下可运于掌。”贾肇一怀抱“仁心”，同情每一位患者，设身处地为患者着想。

实验室检测是整个疫情防控和诊疗的重要一环，也是关键环节，对疑似病例确诊起着一锤定音的作用。检验结果是否精准，检验能否更加快速，直接影响着整个防控工作的成效。“虽然样本检测量比较大，但是我们不能有一丝一毫的松懈，每一个步骤都需要精力高度集中，要对每一份标本负责。”贾肇一说，检测过程是跟新冠病毒的“直接较量”。比如拆除样本包裹，看起来很简单，实则危险重重，整个过程如有不慎，病毒就可能通过溢洒、气溶胶等方式“跑出来”。所以，有人称他们为行走“雷区”的“检测尖兵”。

为了进一步提高检测效率，贾肇一组织人员对操作流程、质量记录等环节进行了梳理，使得新冠病毒核酸检测的整个流程更加安全和流畅……

贾肇一作为应急检测队临时党支部书记，充分发扬领头雁的先锋模范作用；作为队伍里唯一的男士，他是美女们的“保护神”，感染风险大的工作从来都是他一力承担；同时他还是个响当当的“智多星”，所有问题都难不倒他。凭借丰富的知识储备和过硬的技术，他受到当地领导的高度认可，成为林区疾控的得力高参。他用实际行动践行着出发前的誓言：“不忘初心，牢记使命，驰援湖北，能打必胜。”

风高雁阵直

当贾肇一得知很多偏远山区的乡镇基层医护人员，守在危险的抗疫一线，却因交通不便缺少专业培训，无法做到安全的个人防护时，他主动请缨，和检测队员冒着恶劣的天气和复杂的交通路况，踏着厚厚的积雪，穿行在崎岖的盘山公路上，辗转于各个边远乡镇卫生院和村级卫生室，对当地基层医务人员开展现场培训，在实际操作中查找问题、及时纠正，讲透讲明个人防护的重要性和防护装备穿脱过程中的重点注意事项。同时对当地的发热门诊和重点公共场所进行消毒效果检测，力求有效切断传播途径。

那天，他们在积雪的盘山公路上行驶了五个多小时，到达大九湖卫生院，对当地医护人员进行个人防护培训。培训完毕后，掌声一片。当地医护人员表示：以前缺乏相关培训，只能自己网上看视频学习个人防护，不清楚是否规范，不明白具体操作的原理，不知道穿脱规范和技巧，经过这次现场培训，对个人防护的重要性和规范操作有了深刻、具体的印象，效果明显。

此项工作表面看无足轻重，实则具有很强的现实意义，可以保证疫情发生时，基层医护人员能够有条不紊地开展相关工作。确保医护人员零感染，就是为基层保存有效战斗力，增强基层医护人员战胜疫情的信心，筑牢了乡村的防护“堤坝”。

深山老林中，弯道岔路旁，没有野兽出没，只有河北应急检测队队员笃定前行。贾肇一抬头见一群大雁在天空飞翔，它们或许也是来自遥远的北方，栖息在神农架林区过冬。

雁群一会儿排成“人字阵”，一会儿排成“一字斜阵”，并定时交换左右位置。领头的大雁用羽翼为后面的大雁开辟前途。头雁飞累了，另外一只立刻替补上来。这就是著名的“雁阵效应”，雁群团结一心，借助空气动力，使飞行省力，缓解疲劳，完成长途迁徙。

2月17日，神农架最后两名确诊病例康复出院，医务人员零感染，这标志着神农架“抗疫”取得了第一阶段的胜利。林区疾控系统和河北应急检测队的工作成绩值得肯定。

而贾肇一却认为，对于病毒检测工作来说，这只是一个良好的开端。林区流动人口多，返城人口多，人口分散，疾控的流调任务和检测任务将会很严峻，不可放松，不能盲目乐观，需要严防输入，防止聚集性病例发生。

新冠病毒非常狡猾，总是躲在暗处，必须对其发起全面反攻：回乡人员咽拭子样本全面检测工作，流调工作再深入，消杀工作再深入，场所环境检测再细致，信息分析再利用，宣传教育工作再深化，小区工作再细致，物资管理再严格……大批待检样品在路上，河北应急检测队，只会比以前更加忙碌。

田美娜说：“没能去支援武汉，本来大家心里有些遗憾和失落，觉得一腔热情无处安放，现在发现，神农架这边同样需要我们。”

首先，要建立制度和方案。贾肇一代表检测队，参与制定《神农架林区重点人员健康排查方案》，并提出样本采集、运输保存、样本编号规则等相关修改意见。

其次，工欲善其事，必先利其器。因为疫情防控的原因，当全国紧急捐赠的核酸检测和提取设备到达后，工程师无法上门安装，贾肇一主动承担起了设备安装调试工作，同时针对不同品牌和批次的检测试剂盒质量不稳定问题，进行了系统的验证和评估，确保了检测结果的准确性。

再次，启用先进耗材，更新试剂盒。很快，一次能提96个核酸样品的试剂盒到货了。贾肇一一头扎进实验室，对最近新安装的高通量核酸提取仪进行调试，并进行性能验证，保证了验证结果符合检测要求。

对于神农架林区来说，这可是一个重大利好消息，等于步枪换成了榴弹炮，意味着样品再多，检测人员也能轻松应对，出错的概率也大幅下降。

有人问贾肇一，在神农架印象最深刻的是什么事？

“在三天内完成一千多例‘五类人员’核酸检测。”贾肇一说，面对大量的待检测样品，实验室开足马力，每天三班倒，设备和人员高负荷运转。样品一拨一拨送来，人员分批轮换，分工有序，密切协作，拼尽全力，硬是把核酸检测数量从最初每天十几份提高到将近四百份，顺利完成了重点人群的排查任务。

在神农架工作的日子里，贾肇一也迎来了自己三十七岁的生日。林区党委、政府和林区公共检验检测中心、疾控中心为他送上了生日的祝福。

春回暖天地

“冀来神农大爱满青山，春归天使深情盈绿水。”

3月24日早晨7点30分，神农架宾馆正门广场，《“疫”路有你》歌声响起，河北省对口支援神农架林区防治工作前方指挥部的队员们与神农架林区人民依依惜别。神农架林区民众列队欢送，用最朴素的方式表达着最诚挚的情谊，向河北应急检测队致敬。

冬已去，春已至，一句“再见”，饱含着对神农架人民的深深情谊。“疫情过后，我们还会来神农架！”

3月24日20点10分，随着列车缓缓停靠在石家庄火车站，河北省疾控中心支援湖北应急检测队四名队员圆满完成各项支援任务，随河北省对口支援神农架林区防治工作队的队员们平安返冀。

从1月31日出征神农架，到3月24日胜利返回石家庄，总计在神农架一线工作五十四天，累计完成新冠肺炎病毒核酸检测四千七百八十九人次。贾肇一带领应急检测队承担了神农架三分之二以上的样本检测任务，他们的专业态度和技术水平得到了神农架林区疾控工作人员的赞叹，也得到全区人民的认可和感谢。

“实现自我价值不一定要轰轰烈烈，但手中一份份准确、及时的检测结果，就是我们的价值。”贾肇一说，这次经历中很多平凡的工作时刻更值得纪念。

检验队的出征收到了社会各界无数的点赞，这份沉甸甸的认可与支持，他将永记心间。

口罩、手套、护目镜、防护服，全副武装，一层层消毒，一步步操作，四个多小时等待一个结果，这种一个人牵动无数个生命的时刻，他将永记心间。

用三天时间，辗转神农架最偏远的四个乡镇的卫生院和部分村级卫生室，主动培训最一线的基层医务工作者，踏着积雪“雪中送炭”的安心，他将永记心间。

远隔千山万水，家人和朋友们无数的期盼、嘱托、思念……千里万里，欢送的队伍、离别的歌声，从此又多了一份牵挂和约定，这些温暖和感动，他也将永记心间！

作者简介

孟醒石，中国作家协会会员，河北省十佳青年作家，河北文学院签约作家，石家庄市作家协会秘书长。鲁迅文学院高研班学员。曾获孙犁文学奖、“汉语诗歌双年十佳”等奖项。

创作感言

在人们的印象中，疾控中心的病毒检测人员都是躲在一尘不染的实验室中，整天与冰冷的数据打交道，没有扣人心弦的故事。殊不知，深入采访之下，贾肇一和父亲两代“疾控人”的家国情怀、共产党员的淳朴家风、勇挑重担的献身精神、雁阵长途奔袭的团队力量……每一个细节都令人感动。尤其是河北疾控青年身上那种朝气，让人铭记。如果说，老一辈“疾控人”已经与太行精神融为一体，那么新一代“疾控人”，正用他们的智慧和力量，把巍巍太行染绿，焕发着勃勃生机。新老两代“疾控人”，共同构成太行山脉的铜墙铁壁，共同组成中华民族的英雄群像，守护着一方水土和万千百姓。

解明芳：『方舱总理』天使相

◎ 刘世芬

06-03-0003-007

06-03-0003-008

获奖词

凌晨，来不及和老母道别，便启程远行
她是个女儿，也是位母亲
却将爱，传播到了长江之畔
她每日进舱查看护理质量，征求患者意见
她设计可扫码填写问卷，减轻医护负担
她推出方舱小广播，缓解患者焦虑
她夜以继日，喉咙嘶哑
一位患者要出院了，握住她的手说：
『你们带来的，全是爱。』

冉冉春回，杨柳依依，警笛鸣响，人群欢腾。

石家庄市中华大街与中山西路交叉口，车辆渐多，人流渐密。华润万象城、新百广场高大的建筑墙体上，都有一块面向十字路口的巨大投屏，滚动着打出“欢迎援鄂抗疫英雄回家”的字幕，画面上依次闪过的，还有这次援鄂抗疫的医护人员。

那个镇静从容、面容雅净的女护士长，就是解明芳。

行人，依旧紧捂口罩，身边却再也没有了新冠肺炎疫情期间的寂静模样。宽阔的街道上，警用摩托车以迎宾的最高礼仪，摆成似雁阵的倒“V”字护卫队形，行驶在车队最前端；手捧鲜花的行人等在道路两侧，一辆辆满载援鄂英雄的大巴车缓缓行进。苏醒过来的国际庄，张开热情的双臂，欢迎抗疫英雄们凯旋。

望着车窗外庄严的车队、沸腾的人群，解明芳眼角濡湿。

千里赴戎机

“我俩都是医务工作者，在大学时就入了党。孩子早就送回了老家，这次驰援武汉，家人都很支持。”

2月9日，石家庄正定国际机场，河北支援湖北第五批医疗队准备登机。春天的脚步尚未到来，武汉却有一场关于新冠肺炎疫情的恶战等待着他们，这使得候机大厅里充塞着“参战”的气氛，送行的人也不由得沉重、忧虑起来。解明芳和爱人贾士超拥抱告别，媒体的记者们立刻围拢过来。她镇定地告诉他们，这次前往武汉，“早已做好充分准备”。

“80后”解明芳，可谓“根红苗正”。在河北医科大学护理学院做学生时，一直担任团支部书记，多次参与志愿者服务；现任河北医科大学第三医院骨与软组织肿瘤科护士长、河北支援湖北第五批医疗队护理组组长；抵达武汉后，这个身份后面又加上了武汉江岸方舱医院护理部副主任。呵，满身“披挂”！

底气十足！这次“请战”，先前那些技术和学识的积淀，给了解明芳无穷的力量。她悄悄对自己说，服务社会、报效国家的时刻到了。

这样的底气，还来自十三年的职业生涯中，解明芳参加过“快速反应部队”，当过“特种兵”——别误会，这都是医院对急诊科的称呼。是的，急诊科工作七年，堪称解明芳护理生涯中浓墨重彩的一笔。

急诊科什么概念？顾名思义，急的、危的、重的、险的，统统归于急诊。这才有了“快速反应部队”“特种兵”的称号：危重抢救、病情观察、重症监护、心肺复苏、气管插管……通常的医生诊病，是先“瞄准”，后“射击”，而急诊科工作人员面对的都是“十万火急”，为了争取时间挽救生命，必须既“射击”又“瞄准”——在急诊科这个救死扶伤的最前沿，需要身怀“绝技”。

解明芳在急诊科这个特殊战场练就着不凡本领，直到调任骨与软组织肿瘤科护士长。骨肿瘤科自有特点，治疗手术创伤大、化疗时间长，解明芳把急诊时练就的功力发挥到极致：为了减轻患者术后痛苦，她将国际先进的围术期快速康复（ERAS）理念融入护理工作，形成了一套有骨肿瘤特色的围术期护理方案，将完全植入式静脉输液港应用于骨肿瘤患者，避免病人的静脉遭受药物侵蚀，减少应激，缩短病程，提高患者生活质量。护士长一职，又让她获得全面的成长，比如管理、沟通、协调，这更让她带出一支技术过硬、思想成熟的青年护理团队。

2020年春节前，解明芳所在的河北医科大学第三医院，得知武汉新冠肺炎的疫情正在加重，院里多次组织医护人员集中学习相关知识，实时通报湖北、武汉方面的疫情动态。作为一名共产党员，政治敏锐性让解明芳关注到武汉当地的医务人员和患者数量严重不匹配。重大事件面前，国家可能要从全国抽调精兵强将给予支援。果然，不久，国家做出了派遣医务人员支援湖北的决定。“自己拥有的多年危重症护理的经验，特殊时期必须派上特殊的用场！”

解明芳不想说太多的空话套话，只觉得自己作为一名医务工作者、共产党员，特别还是一个护士长，关键时刻一定要站在最前端。她当时能做的，就是在第一时间递交“请战书”。其时正在假期，但疫情加重的形势下，全体医护人员都取消了休假，回到工作岗位。儿子只有八岁，无法独自居家，送回老家让老人帮忙照顾。

从递交了请战书，解明芳就盼着早日出征，悄悄做着细致的工作：查阅新冠肺炎资料、研读防治指南、苦练防护服穿脱、复习感染患者护理操作流程……出征的行囊早早打好，放在家门口，只为了随时出发。

千里赴戎机，关山度若飞。

大疫之下，个人尤显渺小。解明芳这个小女子，前方等待她的，将是什么？

方舱总理

这个春天，媒体使用频率最高的词语，除了“新冠肺炎疫情”，就该是“方舱医院”了。但对于武汉之外的人们，什么是“方舱医院”呢？

“方舱医院就是现代化的野战医院。”解明芳解释这个词语时，一如她平时的干练、爽快。但我想更多了解一些关于“方舱”的知识，解明芳告诉我，方舱医院基于模块化的医疗单元构建，包括病房、药房、检查、检验、手术室等多个模块，可以快速移动、快速组建，迅速形成救治力，之前在汶川、玉树地震救灾期间都成功应用过。

但这次解明芳他们用于新冠肺炎救治的江岸方舱医院，与之前又有很大不同：规模大了很多，设计床位近千张；医院结构不同，这是专门为呼吸系统传染病设计的三区两通道结构；医院的功能更多了，除了对患者的诊治任务以外，方舱医院起到了控制传染源、切断传染途径的重要作用。在世界疫情蔓延的形势下，这是人类首次将方舱医院用于传染病疫情的救治，不能不说是一个历史性的创新和壮举。

江岸方舱医院，由江岸区全民健身中心改建而成，2月12日启用，共有一千张床位，主要分四个区，医疗救治工作主要由湖北中西医结合医院和河北、天津、江西、广东等医疗队负责。

2月10日凌晨，河北支援湖北第五批医疗队抵达武汉，四个小时之后，进驻江岸方舱医院，承担起A区+B2区四百九十四张床位的医疗护理工作。

第五批医疗队由一百名临床医师、二百名护士、五名行政管理人员组成，来自河北省八十家医疗单位，平均年龄三十五岁。

解明芳被任命为江岸方舱医院护理部副主任。直到进入方舱，她才恍然：之前无论查阅多少资料，到了真实的现场，“零经验”，才是最大的考验。即使对于国家，在这次疫情中，也是首次将方舱医院应用于大规模传染病事件的应急管理，而解明芳仿佛又回到了急诊科的工作模式，对方舱医院诊疗和护理过程中可能出现的问题没有任何借鉴，只能随时发现问题，随时应对。

遇到的困难前所未有，时间紧：从抵达到开舱，两天半，要熟悉方舱的结构，检查药品、器具、设备，整理病房，贴标签，给整个团队排班，组织学习方舱手册，感控学习和培训；人员多：不同地区、不同级别二百余人的护理团队，必须确保每个人的工作质量和个人防护质量；患者多：预计开舱就会有大量患者涌入，果然，四十八小时内就有近四百名患者入舱；工作量大：既是医疗队，又是运输队，还是搬运工，与常规的打针输液喂药截然不同。

事无巨细，在解明芳这里不再仅是成语，也绝不是儿戏，它真实可触，却又重若千钧。如果说在其他科室或岗位可以是单项冠军，此时的解明芳必须让自己成为全能冠军。而她面临的挑战是，2020年春天的这场战斗，将更全面地检验她的“全能”，甚至再升级。

就说分行李这件事吧，从机场到驻地，几百件行李堆成山，怎么分？解明芳的手机打到没电，最后按标牌上的手机号码，拨出，看到显示所在城市，比如“唐山”“邢台”，同一个城市的行李归在一堆……

仅仅防护服的穿脱，就有着严格的规定和流程，都是解明芳连夜拟定——

1. 摘护目镜时闭目；

2. 脱防护用品时每一步之前都要手消；

3. 脱防护服时手捏住领子向外拉，先打开粘带，拉拉链；

4. 防护服边脱边卷，手摸防护服外，卷的时候污染面向内卷；

5. 防护服和鞋套卷成卷，减少病毒的扩散；

6. 脱隔离衣在出第一个门之前，脱口罩在出第二个门之前，脱时屏气；

7. 脱防护衣，一定要注意，每一步之后都要手消。

要进舱了，有的“90后”队员哪见过这阵势！加之满身“铠甲”，从头到脚的厚重披挂，犹豫半天才进入。由于超级憋闷，有的小护士刚进去就嚷着要出舱。岂知一旦出舱，防护服立即作废，解明芳不忍浪费，只得

防护用品穿戴好，准备进舱

循循善诱。

——讨论接诊和进出舱感控流程；

——制订200余人护理团队的轮班计划；

——组织团队学习新冠防治知识和方舱工作细则；

—— 实地模拟开舱测试；

——细化护理责任到代班舱内护理、规范驻地起居感控措施；

——搬运物资和协调改善队员饮食条件……

拟定各种流程、规定，成为解明芳的头等大事。参与编写《江岸方舱医院护理管理手册》，里面的每一条都是解明芳配合医生和感控人员，依据方舱医院的建筑结构和空间特点逐条制定的。诸如“轮班计划”“防护服穿脱”等流程的编写，解明芳白天根本没有时间，只能深夜回到宾馆，在手机上一个个字敲定，编辑好，以保证第二天早晨早早群发到工作群。

解明芳的微信里，有这么一条，那是她在入舱第四天早晨7点发给江岸方舱医院凌瑞杰院长（湖北省中西医结合医院院长）的。各位领导：①目前咱们舱内有漏雨情况；②给患者准备的生活用品快用完了，比如卫生纸，需要赶紧准备；③去厕所的路太滑，昨晚有两个患者滑倒，该准备跌打损伤的药和处理擦伤的一次性换药包。

就拿排班这件事来说，看似简单，其实是一个系统工作。整个江岸方舱医院护理团队共有四百零一人，分为三个病区，解明芳将二十四小时的护理工作划分为四班（首班9点），每班六小时；为每区配备九个班次的护理人员，每班二十人至二十二人；这样就可以保证护理人员每周工作不超过二十四小时，每四十八小时中舱内工作不超过六小时；而且所有人员的值班时间轮替交换，公平合理；同时每日配设一机动小组（五人）待命，以随时支援突发的人员减损、抢救任务等情况。此外，方舱医院的出、入舱通道各有两条，为避免出现人员集中出、入舱，三个病区的上班时间是前后错开的，以降低交叉感染风险和人员交接班的等待时间。

“为什么工作时间是六小时，而不是四小时？因为牵一发而动全身。”看似简单的数字，解明芳在别人休息的时候，要通宵达旦地反复测算、衡量，并要考虑到保安、餐饮、保洁、班车等方方面面；而错峰上班更经过她主动与天津、江西等医疗队的反复沟通，为的是有效利用消杀设备，减少人员聚集。

创造性的工作历来是解明芳的最显著特长。患者信息登记工作十分繁杂，护理人员穿着厚重的防护服、戴着充满水汽的护目镜手工采集，登错信息的风险极大。“绝不能在上级跟我们要数字时，再临时去舱里点名！”她有效利用微信功能，巧妙地将逐个手工录入变为手机自助填写+专人审核，设计了问卷形式的“信息采集表”，让入舱患者直接扫描二维码自行填写，再由专人后台核对统计，既保证了信息的准确性，又提高了工作效率。

在方舱工作期间，解明芳有一个小本子，那里记满了奇形怪状的数字、线条、表格以及各种草图、规划、大纲，等等。

翻看解明芳在方舱医院每一天的图片、文字和影像资料，特别是听解明芳讲述，突然想起前些年的一部电影《小巷总理》——居委会主任的工作日常，内容无所不包，被称为“小巷总理”。而在解明芳面前，有那么一瞬间，我的大脑竟跟不上她的语速了。那些枝枝蔓蔓、琐琐碎碎、千头万绪，替代着事先预想中的轰轰烈烈、荡气回肠：几百个病人每天要吃三餐、要起居如厕、要洗头换衣……这么说吧，解明芳要操心女患者来例假用的卫生巾、患者大爷没带够的内裤、患者大妈糖尿病的用药……大到医疗和生活必需品的购置，小到一颗纽扣、一粒胶囊、一卷卫生纸、一个更衣箱，包括护目镜驱雾气的技巧、护理人员临时发烧、夜晚舱内是否关灯、去厕所的道路患者滑倒……

至此，读者朋友可能耐心不足，就连我听到一半也觉得昏头昏脑，甚至有点儿“失望”——这算什么救援呢！哪有惊天地，泣鬼神？那些轰轰烈烈呢？那些金戈铁马呢？

当然，你若再看看这个结果：江岸方舱医院自2020年2月12日13点开舱至3月8日11点休舱，平稳运行二十六天，共收治新冠肺炎轻症患者一千零一十一名，治愈出院七百二十六名，患者“零回头”“零病亡”，护理人员“零感染”。

我看到这个结果时，首先感兴趣的就是解明芳的大脑结构：她该调动怎样的脑细胞，才足以打理这“舱计民生”？

而这些创造性之举，被武汉同行称为“有方舱特色的人力资源管理”。此时的解明芳，俨然一位“方舱总理”嘛！

顾不上累

方舱医院的工作二十四小时不间断，实行六小时轮班制。

实际情况是，从穿上防护服到下班出舱，队员们往往连续工作8个小时以上。解明芳等管理人员索性没了时间概念，特别是初到时，昼连着夜，晨连着昏。怕大家听不清，解明芳一直扯着嗓子高喊，直到哑得说不出话；她的右脚曾经韧带损伤，方舱里连日的奔走使旧疾复发，疼痛难忍，无法行走，偷偷吞下几粒镇痛药，忍着疼痛继续工作。

防护口罩，连续戴八个多小时，里三层外三层的隔离服，一天下来，嘴唇爆皮，嗓子冒烟；护目镜、防护面罩长时间磨压鼻梁，再加上汗水的侵蚀，鼻梁处很快破溃起了大大的压疮水疱，两颊也都是深深的红印子……解明芳和队友们成为拼命三郎。她很庆幸团队里有那些男护士：医疗和生活用品堆成小山，只能靠他们一件件搬运进舱；很多人都领教过武汉冬天的湿冷，男护士张凯亮穿着短袖衬衣一口气清洗了一千多个护目镜，浑身冒汗，冷雨一激，感冒来了，一量体温，38℃多……

深夜的方舱指挥部，是解明芳的一个个不眠之夜。对讲机里，她那沙哑、干涩的声音，让人充满力量。

2月14日，队员蒲玉晶的日志中这样写道：今天武汉下雨了，为了给队员创造一个舒适整洁的更衣室，护士长带头冒雨搬运那些储物箱，事无巨细，亲力亲为。几天下来，她的嗓子已变得沙哑，大家都嘱咐她多喝水、注意休息，可是今天一天下来，只见她忙碌的背影，却未见喝过一口水。

“江岸方舱一家亲”微信群里，写满患者对解明芳的体贴。A152床位患者写道：解明芳，你太忙了，不但要照顾舱友的病情，还要在微信里回答各种问题，难道你是铁人？我们强烈要求你歇一歇！

每天都收到患者这样的暖心问候，解明芳忘记了劳累。

在江岸方舱，医务人员被称为“最硬的鳞”——电影《哪吒之魔童降世》中，为了摆脱深海枷锁，龙族将身上最硬的鳞片做成万龙甲给敖丙。此时的疫情面前，为了支援湖北，全国把“最硬的鳞”都给了武汉。不仅硬在业务上，更硬在“不问生死、不计报酬”，一路逆行。

“只有身在病毒中，才真切感受到一场没有硝烟的战争！”解明芳说，传统战争中，至少能辨别敌人和子弹的方向，但病毒可没告诉你它的隐藏之地。

“最累的时候，怎样做才能继续支撑下去？”许多人这样问解明芳。

“其实是离开武汉后才感觉到累的，在武汉期间，谁还顾得上累！也没有时间去想累不累……”说这话时，解明芳已是全身释然。

“当时什么也没想，就是不顾一切，哪怕死在方舱里！”她的眼睛，望向办公室窗外的远方，看得出，她的心又回到了方舱里的日日夜夜，一脸的肃穆与庄严。

隔离归来的解明芳，放心不下院里的工作，还在省里规定的休假期间就回到了工作岗位。当我与她面对面，明显感觉到她的疲惫，说话时而出现急促的喘息，明显气力不足。空军飞行员每年都要定期疗养，就是因为他们在飞行中的身心长期处于高度紧张状态，如一张拉满的弓，如果没有纾解和舒缓，则容易崩溃。解明芳他们，三十八个日日夜夜，一场场战役，随时都有被感染的危险，身心的紧张不亚于飞行员。

小　太　阳

在方舱里，解明芳时常自问：“如果这里躺着的是自己的亲人，我该怎样做？”

“我们要尽最大努力去帮助患者，设身处地地理解他们的恐惧、孤单和无助。”

在巡查时，解明芳总会主动询问患者有什么困难：“我们来这里，就是帮助大家的，有什么需要一定要告诉我们。”

有一位患者跟解明芳说，自己全家都在隔离，没有薄衣服换，洗了之后，只能躺在被子里等衣服晾干……她进一步了解，才知方舱内的许多患者和他们的亲属隔离在不同的隔离点或者方舱医院，多日的隔离生活早就耗尽了他们的日常生活用品，很多人缺少替换的衣物。解明芳将自己配发的部分衣物、食品、生活用品送给患者；自己没有的，就想方设法自费购

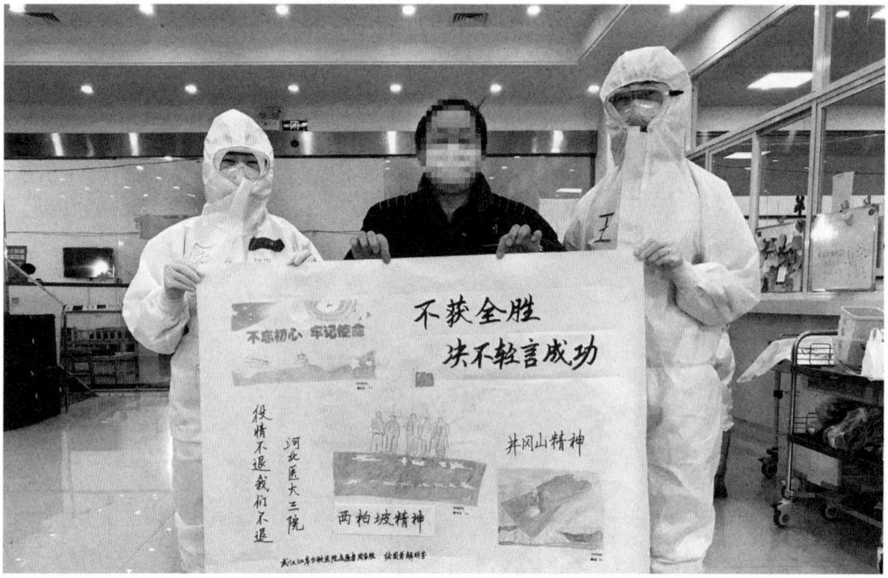

三八妇女节当天，患者给医护人员送来祝福

买，带入方舱送给患者。

拥抱，这个平常司空见惯的动作，在方舱里具有了特殊的意义，“如果护理人员动作和言行不当，就会让患者认为自己被嫌弃被抛弃，在方舱我们绝不能吝啬自己的拥抱，一个大大的拥抱，就会让他们不再因染病而恐惧和自卑，不再因与亲人分离而孤独和寂寞……”正是这样的拥抱，让患者感受到了亲情般的温暖，他们亲切地称解明芳为“方舱贴心人”。

一位女患者向解明芳求助，他们全家都确诊了，不在同一个隔离点，六岁的女儿一个人在儿童医院治疗，这位患者想出院后去儿童医院照顾女儿。

解明芳想起自己八岁的儿子，同是母亲，对孩子的思念和担心她感同身受。巧合的是，解明芳的住地宾馆就在那家儿童医院旁边，她每次路过就会拍一张照片发给女患者，以解她思女之苦。后来又反复协商沟通，患者和女儿出院后终于被安排到了同一个隔离点。

这样的事情，解明芳每天要处理无数个。

方舱开舱的时候正是疫情最严峻的时刻，进入方舱的患者很多都曾目睹自己的亲人、同事、朋友、邻居，染病、住院，甚至加重、死去。这些事件严重刺激着他们的身心，恐惧、悲观、抗拒、孤独、焦虑、抑郁等各种不良情绪笼罩着方舱，正所谓“病由心生”。这个时候，解明芳动员队员们变身心理医生，对患者进行各种心理疏导。解明芳更是每日进舱拉着患者的手、挽着患者的手臂攀谈。

“行动才是最有效的方法！”为了改善舱内的不良情绪，建立患者信心，解明芳可谓绞尽脑汁，一个个别开生面的方舱活动陆续推出：“病友生日会”“出舱欢送会”“方舱广播操”“方舱演唱会”“方舱T台秀”“方舱半日游”……在空闲时间，她组织队员们带领患者拼魔方、做操、读书、打拳、跳广场舞……她的出现，总像天使，驱走了方舱内的阴郁和疑虑，拉近了心与心的距离，整个方舱充满希望，形成积极向上的“良好生态循环”。

2月17日，江岸方舱医院内热闹非凡。一场别具一格的集体生日正在进行：解明芳与同事们一起，为2月份生日的患者及医务人员，过了一个令人难忘的集体生日。

为了避免人员聚集，八名患者作为代表参加了主场活动。色泽鲜艳的生日蛋糕，风味独特的长寿面，耳目一新的节目表演，一声声祝福，一个个祝愿，情到深处，全场激动欢呼：湖北赢！中国赢！我们加油，早日回家！

解明芳更像一团火，让“方舱一家亲”微信群情切切、暖融融。群里的医患之间二十四小时无缝交流，患者的需求和反馈的问题被随时发现，立刻解决。联通方舱医院内外的“病患—家属”通道也在这时建立起来，在医务人员的指导下将特殊或重要的患者物品，防疫处理后，安全送交家属之手。

在疫情出现拐点之后，患者陆续出院了。

第一位患者出院，是值得纪念的。由于平时从头到脚的严密防护，这位患者一直没能看清解明芳的真实模样。当然，即使在他离开方舱时，解明芳也必须全副武装。他向解明芳提出一个要求，让她立正，伸直双臂，他用彩色水笔在解明芳的防护服上写满感谢的话语：“人美心更美，你们是新时代最可爱的人。”“向新时代最可爱的人致敬！”

当出院的患者越来越多，方舱的墙上越来越多患者自己制作的标语，表达着对医护人员满满的感激和情谊。

当床位一个个空了下来，解明芳敏锐地觉察到那些没出院患者的失落。有的患者真诚邀请解明芳，要在疫情之后带他们逛遍整个武汉……面对热情的患者，解明芳电光石火般萌生了一个想法：何须疫情之后？眼

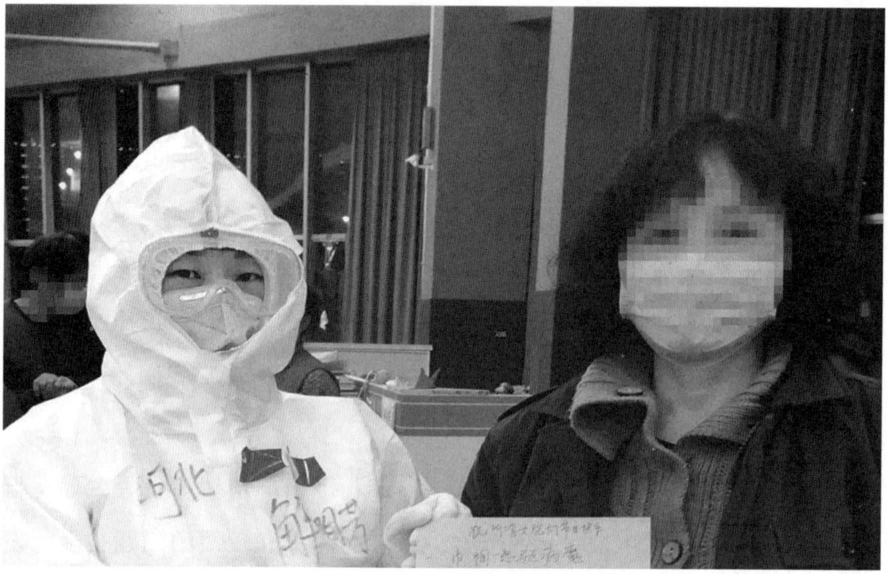

解明芳（左）组织“方舱半日游”，让患者足不出舱就能“游”湖北、河北

下，立刻，带患者在舱里“旅游”！

迅速在工作群里发布“招聘”信息，让具有美术特长的医护人员自动报名，把河北省、江西省（后来江西省医疗队的医护人员并入解明芳他们的病区）和武汉的景点一一绘出草图，再编辑统筹，形成一片“风景”。

3月3日，解明芳带领医疗队把手绘的风景图做成一块块展板，在方舱医院内举办了“文化墙”活动。一幅幅河北、江西与武汉的知名景点，穿越千里汇集在方舱医院的墙面上。

“大家好，我是方舱医院的‘金牌导游’解明芳，今天带大家‘冀赣鄂风光半日游’。”解明芳穿着厚厚的防护服给患者们说风景，讲故事：“白洋淀荷花”对应“武大樱花”，“避暑山庄”对应“黄鹤楼”，“西柏坡”对应“井冈山”，“赵州桥”对应“武汉长江大桥”……赣鄂之间，燕赵大地——青山一道同云雨，明月何曾是两乡。

策划这个活动，在解明芳看来，还别有“深意”——“从井冈山到西柏坡”的红色旅游。她手持喇叭向患者宣讲：“最近这段时间，在临床护理工作中我们发现一个问题，那就是随着每天都有患者治愈出院，给暂时还留在方舱医院里的患者心理上造成了一些波动，所以我也想通过这个红色旅游，让大家调整一下目前浮躁的心态。”

解明芳拿着一张画有“井冈山精神”与“西柏坡精神”的海报向患者介绍：前段时间，大家凭着坚强的毅力，百折不挠、艰苦奋斗的精神，与病毒斗争，取得了阶段性胜利。但到了现在，大家务必保持谦虚谨慎、戒骄戒躁的作风，“出院有着科学而严格的规定，所以也请患者们一定不要急躁，相信和配合医护人员。不获全胜，决不轻言成功。因为你们和你们的家人的安全，就是武汉和中国的安全。”

“河北湖北一家亲，疫情不退，我们不退！”解明芳鼓励大家。

一名患者一手拿着手机录下现场视频，一手握拳大喊：“湖北赢！中国赢！我们加油！早日回家！”

“半日游”将方舱内的气氛一次次推向高潮，狭小的方舱里，消极的情绪变得积极、乐观，密闭的方舱，焕然一新。

没有硝烟的抗疫战场，解明芳作为一名亲身参与抗疫战斗的“战士”，同时化身“战地记者”，学会了录像、音频剪辑处理等技巧，向公众传递方舱医护人员以及其他工作人员的精神风貌，展现患者们真实的“方舱生活”。

治愈，帮助，安慰，这就是解明芳在方舱医院的日常！

大医精诚。密闭的方舱，大疫之下的大义，展现的是一种高尚的情感。境界，崇高，奉献，不再空泛。

就在解明芳营造的这无数个战疫瞬间里，患者们被温暖地治愈。无论患者还是身边的医务工作者，都称解明芳为“小太阳”：她走到哪里，都会带去光明和温暖。送别时，江岸方舱医院院长凌瑞杰拉着解明芳的手，千般不舍：“真想把你这颗小太阳，留在我们武汉！”

壮阔与静美

“早安，加油！”

在西柏坡隔离时的每天早晨，解明芳总能收到多位患者发来的问候，仿佛她还未从武汉离开。

即使隔离休整，解明芳的思绪经常闪回，想起方舱医院的点点滴滴，那里的人和事，特别是凌瑞杰及其爱人。这次行动，解明芳和凌瑞杰夫妇成为同事。凌院长每天都是最后一个离开，不管多晚都会围着体育馆转上一圈，看看指挥部的哪间屋子还亮着灯，直到确认一切正常才离开。有一天深夜，没有班车了，凌院长送解明芳回驻地，他充满感激地说：“我们都看到了，你真把方舱当成自己家了！”

凌院长总是第一个到达医院，以院为家，解明芳深受感染，把江岸方舱医院当成了自己的家。短短的三十八天，无论武汉当地的医护人员，还是兄弟省份的同行，大家结下了深厚的友谊，犹如战友情、兄弟情、姐妹情！有人用“一起同过窗、一起下过乡、一起扛过枪”形容朋友之间的友谊，而经历过这次抗疫战斗，他们成为一群“一起进过舱”的人！

回到石家庄的日子，解明芳经常想起他们，凌院长、同事、病友、志愿者、司机、保安、交警、快递小哥……解明芳的微信上，李志彪每天早晨都非常准时地给她发来各种问候语、动画、图片，有时还加上一句话——武汉永远感谢你！

解明芳每每看到这些都眼角濡湿，她像珍惜文物一样保留着这些珍贵的瞬间，她告诉身边的每一个人：“强大的祖国是后盾！在那个特殊的时期，在那个一线，真切感受到了党的领导，众志成城，团结一心，什么叫无私奉献，什么叫坚强。”解明芳眼含热泪，一字一句地说，“如果没有强大的国家和中国共产党的领导，这样大的疫情，其后果真不可想象。”

4月1日，刚刚解除隔离的解明芳，被丈夫贾士超一下子高高抱起，为了迎接妻子，贾士超特地挑选了一身最帅的西装，成为家属队伍里最靓的人！

那一刻，他最想说的话就是：亲爱的，我想你了！

抗疫期间以及隔离归来，解明芳的名字频繁出现在《人民日报》、中央电视台、《长江日报》、《河北日报》、河北广播电视台等众多媒体，她的内心充满感恩：“从医科大学毕业参加工作，直到参加这次抗疫行动，使我更看重自己作为一名医护人员的身份和责任，而自己不过尽了医务工作者的职责，国家却给予这么多的荣誉，深感惭愧，只有比以前更加努力！”

隔离结束，重返工作岗位，解明芳感觉自己的精神和身体都经历了一次洗礼。无论单兵作战、分组协作还是团队管理，都接受了前所未有的锻炼，各方面的能力剧增，也积累了宝贵的经验，她急于把这一切应用于今后的实际工作中。

这次抗疫也激发了她的潜能，对自己的工作能力有了新的认识，如大海中的航船鼓满风帆："感觉精力更充沛了，面对困难时的信心也更强大了，只要按照国家的部署，听从党的指挥，没有什么困难是不能克服的，没有什么敌人是不能战胜的！整个抗疫过程中，真的被中华民族的强大凝聚力和祖国母亲的伟大震撼到了，为自己能投身抗疫战斗感到无比光荣。"

解明芳说起这些，眼睛格外明亮。正是这次行动，使解明芳更多打量自己作为一名真正的"社会人"的身份。家国背景下的"战斗"，作为"社会人"的那一部分无限放大，服务他人、报效国家，成就"大我"，人格升华，这让解明芳无比珍视。

"夫医者，非仁爱之士不可托也，非聪明达理不可任也，非廉洁淳良不可信也。"自文明创始以来，人类对于生命、健康的思考从未停歇。解明芳以自己的实际行动诠释了全新的医患关系，特别是对人类遭遇的重大疫情下的医患之情，做着自己的人文思考和尝试。

生活总要回归平淡，绚烂终归回到静美。当热烈的掌声渐渐平息，当援鄂的光荣成为历史，我们还能不能记住他们的模样？

护士，万千职业中的一种，却拥有一个最美的名字——白衣天使。燃烧自己，照亮他人，付出爱，也收获爱。解明芳自从踏入医科大学的校门，选择了护理专业，一直以实际行动践行着"务谋病者之福利"的南丁格尔誓言，用对护理事业的忠诚之心展示着一名医务工作者的本色，以自己的医学人文精神所爆发出的巨大能量感染着身边的同事和患者。

昨夜梦见的地方

那是从来没有见过的宽广

像天堂，降临在我的身旁

没有分不清的悲伤

也没有惊慌

只看见微笑的脸庞

就像天使的模样

——《天使的模样》

每个人的心里，都藏着天使的模样。因为解明芳，以及解明芳的战友们，那个并不广阔的方舱，以及这个广阔的世界，轰然巨变。

倘若世间真的有天使，那么，天使就是解明芳以及和解明芳一样的医务工作者的模样。

作者简介

刘世芬，中国作家协会会员，石家庄市文艺评论家协会副主席。作品发表于《光明日报》《中国作家》《读者》《文学自由谈》等多种报刊，著有散文随笔集《看不够的红楼梦，品不完的众人生》《开在刀疤上的花朵》及报告文学《绿色的摇滚》等。

创作感言

采访解明芳是在她的办公室。那时，她刚解除隔离不久，其实尚在假期，但当天上午有一台非常典型的手术需要她在场，而我见到的她已是一身白衣天使的工作装束，头戴护士帽——她刚刚离开手术室。她说，经历了武汉江岸方舱医院的那场“战斗”，迫不及待地要把在这场战役中形成的诸多经验、感悟、思考、情怀以及累积而成的岩浆一样的工作热情，统统应用于今后的实际工作中……正是千千万万个解明芳，使我们走向胜利。

她是我心中永远的天使！

刘辉：展现智慧的力量

◎ 黄军峰

06-03-0003-009

06-03-0003-010

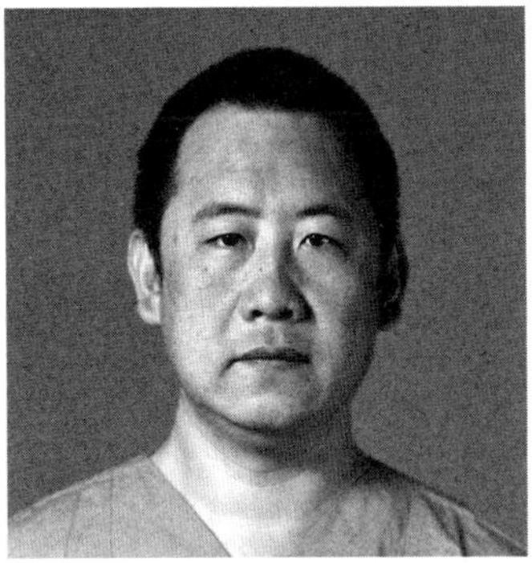

获奖词

他带着一支特殊的抗疫队伍
三十名CT技师，三十名战士
奋战在武汉三家方舱医院
日均CT扫描二百人次以上
他编写全国首份方舱医院影像检查防控与质控手册
他用云计算改变方舱医院CT检查流程
他让工作流程更规范、让医生诊断更方便
他不辞辛苦贡献智慧力量
被誉为『值得信赖且常常带来惊喜的人』

庚子春始，疫袭江城。举国上下，合力阻击。

一时间，疫情成为焦点，防控成为焦点，与病魔抢夺生命成为焦点。

无疑，焦点的核心，在医院。

医院的焦点，在病患，在八方驰援的医护人员。

白衣执甲，逆行出征。自1月26日至2月22日，短短二十多天，仅河北省，就先后派出九批医疗队，超过千人，驰援武汉。

抗疫一线，即是战场。千军接力，浩浩荡荡。

他们来自医疗战线不同岗位，都是强将，都是精英，都是尖子，都是行业里的佼佼者。

较医生护士，负责医疗设备操控的技术人员鲜被关注。病毒检测、数据分析、报告传输……他们用责任与敬业，为抗击疫情提供着有力的保障。

请令 · 别离

“放心吧，多保重。家里有我……”

他坚定地点点头，躲过她水汪汪的眸子，迅疾扭过身，快步迈进车舱。

2月22日，石家庄火车站。河北省第九批援鄂医疗队，三十一名成员蓄势待发。

赶来送行的，有省里领导，有医院领导，也有他们的亲人。

妻子简单叮嘱，刘辉踏上南下的高铁。透过车窗，他看见妻子呆呆地站在月台，凝目眺望……

刘辉，河北医科大学第四医院CT磁共振科技师。

高高的个子，黑黑的脸膛，精干的短发，炯炯的眸子，将至不惑之年的刘辉，看起来比同龄人多了几分干练、成熟、稳重和严谨。

这是十几年专业磨砺的结果。

2004年参加工作，每年为数千名患者提供病学检查。他专业技能强，有着面对复杂环境的丰富“实战”经验。

新冠肺炎疫情暴发，作为共产党员，刘辉第一时间写下请战书，请求奔赴抗疫一线。然而，一批又一批医疗战线上的同志们陆续披甲出征，却始终排不上他。冲锋一线的愿望，在他心底燃烧着、滋长着，从未泯灭。

2月21日，省卫健委紧急通知，组建第九批援鄂医疗队，倾向影像技术人员。

这一次，刘辉的机会来了。

当天晚上，他难以入眠，一种使命和压力灌注全身。当然，亦有激动、兴奋和些许担心、未知。但，这些都不重要，重要的是，马上，他也将成为“战场”上的一兵。

新时代的今天，没有硝烟弥漫、炮火连天的“战争”，但我们从来不缺少迎难而上的勇气，不缺少敢于斗争、敢于胜利的决心，这是中国的品格，也是每一位中国人的品格。

列车缓缓开动，车窗内外，夫妻二人挥手道别。列车消失在冗长的轨道，妻子的身影从清晰变得模糊。殊不知，此时，月台上的她，早已哭成泪人……

是的，同为医护人员，妻子知道，丈夫奔赴抗疫一线意味着什么。担心、牵挂、不舍……这些都不是眼下该讲的话。微笑、鼓劲儿、加油，她要他去得踏实、放心、无牵无挂。

可，谁能做到始终心坚如铁？毕竟，她是心柔如水的女人，是有家有夫的妻子。

但，她宁愿把眼泪留给自己，留给空寂的月台，留给苏醒的春天，留给遥远的祈祷和祝福！

这，是刘辉后来才知道的事情。

受命·战场

不妨，先把“探头”移至高空！

鸟瞰效果大致如此：墨绿色树冠，肥肥瘦瘦，疏疏密密；深灰色路道，弯弯曲曲，形如游蛇。簇拥环绕着的，是一方银白，规规矩矩，方方正正，如碉堡，似白玉，像天公掷下的一块晶石。

收缩，拉伸，平视，“探头”转向银白腹地：八角形躯壳，钢筋铁骨；千余平阔地，宽绰通亮。躯壳内部，“脏腑”俱全，室所设备，或大或小，各尽其用，彰显着城市的现代化，点缀着国家的高科技。

这里，就是武汉市洪山体育馆。

洪山体育馆，坐落于武昌区洪山广场西侧，1986年对外开放，是武汉市举办各种重大体育赛事和各类大型活动的重要场所。2006年，为满足赛事需要，对其进行了更新改造。2019年，为承接第七届世界军人运动会部分项目，又进行了二次维修改造……

如果不是此次突如其来的新冠疫情，洪山体育馆，依旧是体育馆。

现在，历史又赋予她一个新的“芳名”——方舱医院。

2020年2月3日，武汉市疫情防控指挥部决定，连夜开建三所方舱医院；

3日17时，疫情防控指挥部派人到洪山体育馆现场勘查；20时，工作人员开始拆除体育器材，腾退场地；

刘辉参加完战“疫”前期培训，即将进入“战场”前于医院门口留念

4日凌晨2时左右，床位设施、桌椅等运达到位；

4日上午9时，洪山体育馆经化身为可容纳七百多张床位的方舱医院；

5日18时，武昌方舱医院正式开始为医疗机构分流患者。

…………

第九批援鄂医疗队，刘辉任队长。他把人员分为三个小组，分赴武昌、黄陂、汉阳三个方舱医院开展医疗支援。

刘辉率领的第二组，即在武昌洪山体育馆方舱医院。

首战·细节

刘辉是个有心人。

工作开展没两天，他就发现了一个情况——技术人员的“院感”观念不高。

院感，院内感染的简称，指病人或医护人员在医院内获得并产生临床症状感染。

这不难理解。常规下，影像技术人员工作环境相对单一，活动范围比较小，鲜同病患直接接触，防护意识相对较弱。

可，这里是疫区，是前线，是随时可能被感染的“战场”。

方舱医院的病人都是确诊患者。虽说不像医生护士那样长时间与病患接触，但影像检查时，CT师免不了为患者指导、摆位，一定程度上存在交叉感染的可能性。对手，是看不见摸不着的病毒，危险无处不在……

这使他想到初来时防护培训的情景：专家逐人指导，逐环节规范，手部清洁、衣帽穿戴、口罩佩戴、出入舱流程……事无巨细，锱铢必较，为的是什么？是安全，是生命。

有一个细节，他印象深刻。

培训期间，他们穿上防护服，戴上护目镜。不要以为这样就万事大吉，专家还要逐人检验护目镜和口罩之间有无缝隙……细节决定成败，细节为了生命安全。刘辉坦言，那么多医务人员奋战在抗疫一线，却实现了“零感染”，都得益于严密的防护措施和细密的监督纠正。

是的，他是队长，他把战友们带上战场，更要把他们平平安安带回去……

刘辉知道，虽然队员们热情高涨，但怎样进行规范化扫描、规范化感控、规范化消毒都没有统一的标准和要求。

这，同样是一种危险。

可，危险如何规避？又该怎样规范作业？

刘辉陷入了反复思索之中。

要知道，彼时，省内乃至全国，尚没有完整的规范性资料可供参考。

防控就是责任，时间就是命令。参照日常规范，结合现场实际，刘辉和几名“战友”开始逐条逐项逐方面分析、梳理、研究。手卫生规范、口罩佩戴摘除流程、内置式护目镜防护服穿脱流程、出入舱须知、舱内注意事项、日常生活注意事项……第一时间，《方舱医院影像检查防控与质控手册》简易版制定完成。

这是一项需要耐心和细心的工程。

比如，一个简单的“手卫生规范”，就明确了三种情况下的不同防范流程；

比如，一个简单的“口罩佩戴”，就罗列了十项操作规范；

比如，生活区域也被划分为污染区、半污染区、清洁区，到达清洁区，需要十步操作才能完成；

再比如，只防护服的穿戴流程，就细化了十四个步骤……

没有规矩不成方圆。所有的“规范”，不仅要牢记，更需要熟练。

熟练，别无捷径，唯一的方法就是练习。

仅防护服的穿戴流程，他们脱了穿，穿了脱，反反复复，一遍又一遍。开始时，因为不甚熟练，练习起来常常不知不觉已是深夜……

以后的日子，刘辉他们在“简易版”基础上，又根据现场情况和防控要点，进一步细化，进一步规范，第一版、第二版……

立业 · 征途

刘辉投身影像技术行业，却是一种“无奈”的选择。

1980年9月，刘辉出生在石家庄市藁城区一个普通农村家庭。父亲是村里的“赤脚医生”，后为“校医”，没受过什么高等教育，诊治水平相对有限。

所以，父亲最大的梦想，是让儿子上一所医科大学，成为一名比自己更为出色的医生。老人的想法很纯粹，把自己这辈子没能实现的愿望寄托到了儿子身上。

可，刘辉却对医学丝毫不感兴趣。

那时候，他最大的理想是学建筑。为什么喜欢建筑？这样的理想没有依据、没有来由，简言之，就是喜欢。

高考填报志愿，父子俩起了争执。

一时间，刘辉陷入两难。

遂了父亲的愿吧，着实不是自己真实的想法；硬按照自己的想法一意孤行，又恐伤了父母的心。怎么办？

刘辉是个孝子，思来想去，他选了一个折中的办法——报考医学院校的影像技术专业。这一来，皆大欢喜。

既然选择了，就要弄出个子丑寅卯，就要做出点儿名堂。

大学里，他学习刻苦，勤于钻研。2004年，刘辉大学毕业，由于表现出色被留校，分配到河北医科大学第四医院影像科，一干，就是十七年……

谁想到，第十七年头上，他却迎来了一次“人生大考”。

热战 · 攻坚

“为什么别人能看到，我们却看不到……”

“我们也要看……”

“是的，我们也要看……”

开始是少数人，后来越来越多。说这些话的人，都是武昌方舱医院的患者。他们口中所说“看到”的，就是肺部CT影像片的内容。

是的，逼仄、压抑、危险的环境下，生死攸关的恐惧和病毒肆虐的不确定性，每位患者都希望自己尽快好起来，他们渴望知道自己的病情，渴望知道治疗效果，他们渴望健康……

这个问题，令所有人始料未及。

CT检查是新冠肺炎诊断、确诊、观察和判定病情及其治愈程度的重要手段。但凡有过住院经历的人都知道，通常情况下，患者只可拿到CT影像片，至于结果，一般都在医生处存档。

但，现在是特殊情况。特殊情况下，患者的要求就应该特殊对待。

可，条件不允许啊！

彼时，受特殊时期硬件条件影响，只有少部分影像医生、临床大夫和患者可以看到影像。

一时间，患者的情绪开始低落、消极、颓丧甚至不安起来。这些“负能量”的情绪之火一旦燃起来，不利于医护人员的诊治和管理，更不利于对病人的治疗。

决不能让这样的“火苗”烧起来！

可，一时间能有什么办法？

难题，落到了刘辉身上。

他最先想到了手机，想到了微信，想到了“扫一扫”。能不能把这些人人皆会操作的简单技术运用起来？

为了验证自己的想法，他悄悄与后方技术人员进行了联系、沟通和对接。

答案，是肯定的。

有了技术上的肯定和支持，半天之后，一套“二维码”解决方案横空出世。

做完检查，患者会在第一时间收到一条二维码短信，他们只需通过简单的识别操作，便能清晰地看到自己肺部的变化……

很快，患者要求得到满足，情绪逐渐稳定下来。

精业·后盾

在医院CT磁共振科，刘辉踏踏实实，兢兢业业，事业顺风顺水。

同时，他还收获了爱情。

妻子也是一名医生，一位妇产医院的麻醉师。

麻醉师，一种特殊职业，需要事无巨细，需要想得周全。比如，手术时，要时刻关注血压、心率等生命体征；比如，手术结束，麻醉医生要坚守到患者苏醒；比如，对不同手术、不同病情麻醉药物的精准把控……

她聪明、贤惠、漂亮、能干，因着同行的缘故，平日里也少不了相互交流学习和探讨，小两口相濡以沫，齐头并进，把日子过得和和美美，幸幸福福。

聊起家庭，聊起妻子，刘辉一脸的自豪——在疫区制定防护措施等，很多点子都是她给出的。

他们还有一个十一岁的儿子，长得结结实实，活泼可爱。

平日里，父子间的交流和相处比较多，分开如此长时间，是刘辉的第一次，也是儿子的第一次。

微信朋友圈，刘辉保留着一幅画，画的作者即是他的儿子。

浅蓝的底色上，有身着防护服的医生，有举手加油的病人，还有歪歪扭扭写下的两句话：今天，是我的爸爸去支援武汉的第十三天。他去武汉和病毒作斗争了，爸爸是我的榜样和骄傲，希望他尽快打败病毒，早点儿回家……

激战·施策

二维码起了作用，但刘辉觉得，这还不够便捷。

每次做完影像检查，都需要重新上传数据信息，重新生成新的二维码，不仅增加了工作量，患者频繁扫码，也给他们带来了麻烦。

有没有更好的办法?

一个熟悉的场景，在心头闪过。

他想到了单位里的“医众影像”APP。

什么是“医众影像”?

即：通过第三方影像中心，影像数据全部云端存储，医生和患者可以快速实现互通共享。这一技术，既能方便患者，也提升了医生诊断的效率和精准度。

“医众影像”在刘辉工作医院的应用已然相当成熟，他知道其中的优势和益处。

能不能在方舱医院也采用这种方法?

带着这种想法，他很快联系到公司有关人员。得知刘辉是为了提高疫区诊断效果，公司当即答应下来。

刘辉在抗疫现场工作室内观察分析患者胸片

技术已然成熟，仅仅用了数小时，公司便完成了对武昌方舱医院实施“医众影像”的各项部署和上线应用。

这样一来，医护人员和病患只需下载一个APP，便可以随时查看检查结果，免去了扫码的烦琐。

但，这也带来了不小的工作量。

把数据及时传送到后方技术平台不说，最重要的，是手机号码的输入。

数百名患者，他们需要把每个人的手机号码一一收集、录入。这又是一项需要耐心、细心和耐力的工作。数百名患者，十一位数字，姓名与号码，数字与数字，密密麻麻，相似却又不同，错一个都不行。

因此，他们每输完一个号码，都要一个数一个数地核对，一个字一个字地检查。一个人核对完了，交给另一个人，交替查验，为的就是准确无误。一项工作下来，眼前都是跳动的数字，晕晕乎乎，恶心想吐……

但，所有的付出都是值得的。

这一技术的推行，稳定了病患的情绪，满足了他们的需求，医生也实现了方舱内外实时图像调阅和移动办公，极大提高了诊断效率。同时，省略了拍照流程，大大减少了病毒的胶片接触传播。

后来，此项工作被钟南山院士领导的国家呼吸系统疾病临床医学研究中心获悉，专门了解相关情况，并表示愿意提供更多有益于患者的医疗救治服务……

战备·合力

CT机房为临时搭建的样板房，墙壁铅板厚度有限，射线残留远高于正常要求。作为队长，刘辉除完成本职工作外，常陪同其余队员一同进舱，指导完成防护服及铅衣的穿着、工作站台的操作及影像图像的后处理。

风险，自然也是有的。

开始，机房门前没有隔离带。病患做完检查，急于知道结果，就凑到门前询问。如此一来，造成检查区域人员拥堵，影响工作秩序不说，更重要的，近距离接触感染者，怎能没有风险？为此，刘辉又出主意，在机房门前设置了隔离区。

CT检查在一个密闭空间，之前，都是技术人员拿着自己的手机进去，然后跟外面医生沟通。尽管个人手机也做了防护，但仍旧具有潜在风险。于是，刘辉跟院方提出，配一部公用手机，放在舱内，不带出来……

2月26日，武汉下了一场雨。因两台设备安装在户外，对潮湿敏感，导致其中一台出现故障。

得知情况，一组队员王韬、李维一、刘晓亮紧急参与积水处理和设备抢修，另一组队员王英杰、赵安、苏明操作另一台设备继续给患者做检查。此时，他们已然连续工作了四个多小时，该轮岗了。可，他们听说还有35名患者在焦急等待检查，立马要求继续“战斗”。19点，检查做完，每个人都已经汗湿衣背了……

这些都是不起眼的小事。

小事，似一滴水，一滴水折射出来的，是身处“战场”之时的缜密、镇静和责任担当。

议战·参谋

常规性例会，雷打不动。

参会人员，主次落座。有关专家、临床医生坐于会议桌前，其他人员则坐在外围椅子上。

开始，刘辉只能坐到椅子上，且在角落里。患者病情的讨论，他没有什么发言权，只能听。

后来，再开会，专家和医生就问：“刘辉主任来了没有，请坐到前排！”

再后来，他们讨论诊疗方法和防控措施，专家和医生就说：“刘主任，你也发表发表意见吧……”

这，就是一种认可和肯定。

告别·自豪

对于刘辉而言，最“委屈”的心情，莫过别离。

患者康复出院，医院都要举行欢送仪式，这是对患者的尊重和祝福，也是对胜利的纪念！

欢送仪式，隔三岔五即有一场，医护人员分批轮流主持。

那天，轮到刘辉他们主持仪式。

现场，康复者与临床医生和护士热情交流，相互鼓励，彼此祝福。连日来的朝夕相处，让他们认识了，熟识了，甚至，相互之间还多了某种不能言说的情感。

“张大夫，我们永远记得你们……”

“李护士，咱们以后就是亲人，欢迎你们以后来武汉，来了一定联系我……”

多么平凡的告别！

这，又是多么深刻的告别！！

灾难面前，生命第一，人民群众的生命重于泰山！

…………

这样的场景，对于医生和护士已经司空见惯，这代表着又一次胜利、又一次成功。

彼时，刘辉他们只能躲在后面，默默看着，默默听着，默默感动着，默默祝福着。

是的，那些康复出院的患者，甚至连他们姓什么都不知道。

但他们，心中十分自豪！

责任·信赖

报效祖国，我们义无反顾；

面对疫情，我们逆流而上；

战胜疫情，我们信心百倍；

疫情不退，我们坚守不退。

这，是刘辉在抗疫一线自编的四句话。

战场上，每个人都是勇士，“口号”式的四句话，犹如擂响的战鼓，好似鼓舞人心的冲锋号……

正是凭借着这样的信念，他们用实际行动贡献着河北智慧和河北力量。

3月10日下午，刘辉所在的武昌方舱医院正式“休舱”。

也是在这一天，中国这艘巨轮的“掌舵人”——习近平总书记视察武汉。

坚韧不拔，顽强拼搏，无私奉献，广大医务工作者怀揣着医者仁心的崇高精神，在抗击新冠疫情的“战役”中，用鲜活的个性，写出了一个强大的中国，写出了无往不胜的中国力量！

从2月22日奔赴武汉直至休舱，十七个日夜，四百零八个小时，刘辉为队长的第九批医学影像团队，在武昌、汉阳、黄陂三家方舱医院累计完成CT扫描一千七百八十人次，日均扫描二百人次以上，为新冠肺炎患者接受快速精准的诊治贡献了应有的力量。

对于刘辉他们，中南大学湘雅二医院国家紧急医学救援队给予了这样的评价：正当工作承受能力即将到达极限之际，刘辉队长率领的石家庄市第一医院崔红显、彭新平和石家庄市第二医院邓佳三名影像技师及时赶到，对我们进行支援。他们将影像资料上传云端的举措极大方便了医患沟通……

武昌方舱医院，给予刘辉的评价是：一个值得信赖且常常给你惊喜的人。

是的，武昌方舱医院之前只有三名CT技师，已然无法满足患者检查需求，导致医院病床周转缓慢。刘辉他们的到来，犹如干渴土地迎来的一场及时雨。

休舱那日，奋战在武昌方舱医院的医护人员集体合影留念。

打开电脑，刘辉把这幅照片展示出来。密密麻麻的人群，他们只占据了一个角落，不显眼，却又不可缺少。

归来·英雄

出征，大地刚刚苏醒；归来，已是万木争荣。

那日，妻子亲手把一束鲜花献给自己的丈夫。刘辉一只手紧紧抱着娇艳的花束，一只手轻轻拥着妻子。戴着口罩，仍掩饰不住妻子温情如水、笑容如花的面庞。

不知道，这一次，她落泪了吗？

即使落了，那也是喜悦的眼泪、悬心落地的眼泪、幸福的眼泪。

手机里，刘辉存储着这样一段视频：

视频是刘辉从宿舍高楼窗户中拍摄的。凌晨1点，夜色弥漫，灯光闪烁，静逸的城市进入熟睡，城市的人们正在梦乡。楼下，一辆消毒车正在悄然作业……

他是在告诉我什么吗？

时代的一粒灰尘，落到个人肩头，就是一座山。是啊，哪里有什么英雄辈出，他们不过一群平凡人，国难当头之际，换了一身衣服，多了几分担当和勇气，做了一些不想后悔和遗憾的事情。

他们，无愧于新时代最可爱的人。

作者简介

黄军峰，中国作家协会会员，中国报告文学学会会员，中国散文学会会员，河北省作家协会报告文学艺委会秘书长，河北文学院合同制作家，鲁迅文学院高研班学员。至今已发表各类文学作品逾百万字，著有长篇报告文学五部，作品多次入选中国作协、河北省作协重点扶持项目。

创作感言

冥冥中安排，在疫情肆虐的盛春邂逅“逆行而上”的人。

本文主人公刘辉，千千万万一线抗疫者中的一分子。没有轰轰烈烈的壮举，没有催人泪下的故事，在抗疫一线，在救治现场，他们尽己所能、施己所长，默默坚守着影像诊断的岗位，为战胜疫情提供着有力的后方保障。因为平凡，构建诸如刘辉这些人的事迹文本就显得颇费周折。于是，以期在精练的短句中展现一种无畏的力量感，在家与国、危与安的氛围中聚焦人生成长，在职业精神与生活交迭中书写内心温暖琐碎的事件勾连起一串串的平凡，平凡因此不再简单。

王瑜玲：护佑一座城平安

◎杨辉素

06-03-0003-011

06-03-0003-012

获奖词

二十一名患者，零死亡
这是她的成绩单
那位年事高、基础疾病复杂的我省首例患者
在她手下，七天时间转危为安
一线坚守五十多天
随时为发热病人会诊
不断接受区域内外咨询
……
她和一线医护，打赢了一场攻坚战

愿望没能实现

早在几个月前，王瑜玲全家就在计划着过一个让他们向往已久的春节。

这个愿望曾多次在她的脑海中闪现。女儿是她的牵挂和骄傲，从小成绩优秀，在国外留学多年，归国后在北京工作。九年了，每逢春节，一家人只能隔着手机屏幕团聚。爷爷奶奶思念唯一的孙女，也时常念叨。团聚，成了这个家庭最难实现的愿望。

今年，女儿终于可以回家过年了！一家人老早就商议，要去东北过年，女儿喜欢那里的冰雪世界。细心的爱人早早就计划好了行程，联系好了那边的朋友，连宾馆都订好了。

一过元旦，王瑜玲就掐着指头数着日子，1月14日、15日、16日……还有五天女儿就该回来了。她准备好了女儿爱吃的东西，把女儿的房间清扫了一遍又一遍……

一想到将要实现的愿望，王瑜玲脸上就不由自主地浮现出笑容。

然而谁能想到，这即将实现的愿望却被突如其来的新冠肺炎疫情打破了。

2020年1月17日，农历腊月二十三，是传统节日中的“小年”。这一天对于石家庄市第五医院来说，是可以写进历史的一天，因为被确定为市级新型冠状病毒肺炎的医疗救治定点医院！

第五医院副院长王瑜玲，在同一天，被任命为市级新型冠状病毒肺炎医疗救治专家组组长，郑欢伟、王海宾、曹金凤、袁德琴等结核科、感染科、内科和ICU的主任、专家担任救治专家组成员。疫情就是命令，来不及有任何思想准备，他们即刻投入紧张的“战斗”状态。

仅仅隔了一天，1月19日上午，王瑜玲又被任命为市级新型冠状病毒肺炎疾病防控专家组副组长。

王瑜玲承担着指挥全市救治和防控两副重担！

她深深知道，这两副担子之重！

他们是保护这座城市的前方指挥部，也是前方护城河，每一步工作部署，每一种诊疗手段，每一次诊疗结果，不只是事关病人和家属，更影响着整座城市的安危。前方战疫和防控工作做到家了，大后方才能安心地工作、生活和学习，党委政府的各项工作也才能有序开展！

一群人，一座城！

千钧重担，一力承当！

此时，王瑜玲哪里还顾得上全家人的美好愿望，她给爱人简单交代几句，嘱咐女儿待在北京不要回来了，就匆匆上了“战场”。

王瑜玲今年五十五岁了，再干几年就该退休了，有人劝她，干吗非要去挑这样的重担呢，那样的压力非常人所能承受。她说，经历过2003年那场“非典”战争，她早已理解了在生命面前一切都要让步，这不仅仅是医生的职责，更是一个人应有的社会责任。

无论什么时候，“小家”都得为“大家”做出让路，“小我”都得为“大我”做出牺牲，这是每一个中国公民应有的使命和担当。

青山无悔，初心恒在！

王瑜玲的愿望没能实现，她连去计较这些的时间都没有。

柔肩担道义

王瑜玲出生在石家庄市行唐县农村。父亲是位老媒体人，她年岁稍长时一家人搬到石家庄市区居住。她家对过就是河北医科大学，一个培养医生的摇篮，有无数优秀的医生起步于此。医生每天都在救死扶伤，创造生命的奇迹，医生这个职业真是太伟大了，小小的她总是在想，什么时候我也能成为他们中的一员呢？

高考填报志愿，她填报了医学专业，并如愿以偿被张家口医学院录取。经过五年刻苦学习，毕业后她被分配到河北省胸科医院，从事结核病专业，后来又调到石家庄市人民医院。

王瑜玲是一个美丽、瘦弱的女人，生活中的她处处得到丈夫的呵护，但一投入工作，她的执着、敬业、坚韧就会爆发出强大的力量。工作中的加班加点自不必说，为了提高专业水平，她把年幼的女儿放在家里，不放弃任何一次学习的机会，多次到北京协和医院、朝阳医院、上海胸科医院等大医院进修。医学知识博大精深，她孜孜不倦地钻研着，如饥似渴地学习着，临床、实验室，她什么都学。

年轻，有拼劲儿、有闯劲儿，这些都为她的成长奠定了基础。

在市人民医院，她有着近二十年的工作经历：六年的大内科、三年的干部内科管理，使她具有了扎实的综合内科专业基础；十年的呼吸科主任，使她成长为呼吸专业的专家，练就了超强的组织管理能力。

2012年，王瑜玲被任命为石家庄市第五医院副院长。一个更大的舞台，等待她去施展才华。

石家庄市第五医院又被称为“石家庄市传染病医院”，始建于1949年，是一所集传染病诊断、治疗、急救、科研、教学、预防、保健及重大公共卫生事件救治于一体的三级传染病专科医院。彼时，第五医院主要以肝病诊治为主，结核科刚刚成立，如一只雏鸟般羽翼未丰。王瑜玲意识到，呼吸专业在突发公共卫生事件中的重要性，为防患于未然，就必须发展好结核病专业。

王瑜玲之所以有这样的远见卓识，源于2003年，她亲自到抗击“非典”一线获得的深刻体会。传染病是潜藏在人类中的“炸弹”，我们对这“炸弹”的型号、规格、杀伤力等都不能提前预测，唯一能做的就是做好人员以及心理的足够准备，才能在“炸弹”引爆时，迅速冲上去，保证人民群众的生命安全。

在医院的支持下，王瑜玲作为专业带头人成立了综合内科，使医院具备了综合会诊能力，接收了疑难杂症患者，不必再去外边请人，通过自己的会诊就能解决。现在综合内科已经发展成内一、内二、中西医结合科三个科。在每一次接收的疑难杂症中，王瑜玲都参与诊断，协助处理、抢救，拿出可行的诊疗方案。

王瑜玲太忙了，她要搞专业，要救治医院收治的病人，还要拿出方案应对各种传染疾病，甲流、禽流感、埃博拉……不知道每年都会出现什么，她在以全部的体力和精力与各种看不见的“敌人”作战，拆除人类生命进程中出现的一颗又一颗“炸弹”。

同时她又是医院领导，要做好管理，对医学、护理、药剂、感控、疾

王瑜玲（左）与省级专家组会诊交流

控、艾滋病等科室加强管理。作为河北省艾滋病诊疗质控中心，市五院承担着全省的艾滋病质控管理工作。

她还是硕士生导师，无私地将自己的经验和所学传授给年轻人，带领他们做新技术。

有人说，组织上把王瑜玲安排到这个岗位，是安排了一个“定海神针”。的确，像医院这种专业技术特点鲜明的地方，培养和物色一个专家型领导，才能更有利于事业的发展，才能在突发公共事件中不出纰漏，掌控全局。

事实证明，组织何其英明，在这次新冠肺炎疫情中，王瑜玲及时地发挥了她专家型领导的作用，关键时刻能够冲得上、顶得住、打得赢，化险为夷，保一方平安，用过硬的专业知识和精准的科学数据，为上层领导决策提供了主要依据。

女人柔肩，一样能担起道义！她告诫自己：谨慎再谨慎，缜密再缜密，一个小小的失误都不能出现！因为一旦出现，就会造成人心不稳，这将关系到社会稳定，关系到地方党委和政府在群众中的公信力。

心如鼎镇，志如磐石。

用好了一个人，就守护了一方平安！

护佑生命的“小舟”

1月21日，石家庄市第五医院接收了全市第一例新型冠状病毒肺炎疑似患者——七十二岁的李某。这名患者来自武汉，到石家庄投奔女儿。

1月22日22点，中国疾病预防控制中心（CDC）电话回报：收治的第一例疑似病例新型冠状病毒核酸（复核）阳性。

这是石家庄市收治的第一例确诊病例，也是河北省第一例确诊病例，同时也是河北省首例危重症病例。

风浪来了，大海里的小舟风雨飘摇，生命之帆随时可能被摧折，医务人员义无反顾跳入“大海”，与风浪搏斗。他们也是人，也惦念父母、子女、爱人，也有与生俱来的恐惧、不安，但此时他们唯有倾尽全力，力挽狂澜，让每一叶小舟安全上岸。

李某原有冠心病、肾衰、陈旧性肺病等基础性疾病，现在肺部严重感染。他很沮丧，不想说话，对生活失去了信心。王瑜玲第一时间来到李某床边，耐心地开导他。在她反复的思想工作下，李某开始积极配合治疗了。

李某属于危重症，呼吸衰竭，心力衰竭，多次出现休克等危重情况。王瑜玲一颗心悬在嗓子眼儿，密切观察他的状况，一连三天没有离开医院，频繁出入病房，对他的排尿、咳出的泡沫状血痰取样观察。为了看得仔细，痰杯要举到眼前，与脸部距离不足二十厘米。

这是一个什么样的概念？痰杯就是病毒“原液”啊！

本来危重症病房内空气中的气溶胶浓度高，感染的风险就比较高了，她又这样近距离地接触血痰，更是增加了感染风险。

但为了让患者脱险，王瑜玲早已顾不得这些，她带领专家组紧急会诊，制定诊疗方案，展开紧急抢救。

由于治疗得当，李某症状日渐好转。2月5日，他终于可以摆脱无创呼吸机了，经专家会诊，由重症转为普通型。随后，采用中西医并重的方法，李某的症状越来越轻，二十多天后，核酸检测转阴，各项指标符合出院标准。

从生命垂危到康复出院，这其中倾注了王瑜玲和她带领的团队多少心血？也许任何数据都难以衡量。

另一位患者吴某，五十六岁，武汉人，1月22日由武汉至石家庄，自感发热、咳嗽，就诊于河北医大二院发热门诊，河北医大二院凭以往经验进行了处理，之后提请专家组进行会诊。

王瑜玲带领市专家组团队前往会诊。诊断过程中，她在患者流行病学史不明确、影像学不典型、核酸检测结果阳性率仅为30%～50%的前提下，凭着过硬的专业学识和素养作出果断研判。

会诊结束，吴某被确定为新冠肺炎感染，转至市五院，入住ICU隔离病区。假如当时误诊、漏诊，错失最佳救治机会，不仅危及患者生命，也会造成更大程度的疫情扩散。

按照省、市卫健委的相关要求，由王瑜玲牵头负责，在市五院建立了远程专家会诊机制，每天固定时间组织市级专家组及五院专家组成员，在五院远程会诊中心通过河北省远程会诊平台，与省二院阎锡新、蔡志刚教授，省四院胡振杰教授，省人民医院赵鹤龄教授，省中医院耿立梅教授及省胸科医院王新举主任等省级专家一起，根据病人的病情变化进行病例讨论，依据国家卫健委颁布的《新型冠状病毒感染的肺炎诊疗方案》，结合中医辨证施治研究诊疗方案，制定救治措施。

这一机制的建立，使每一位患者在第一时间都得到最佳治疗。

王瑜玲更关注病人的心理健康。一个四岁的小男孩儿，爸爸去武汉出差。爸爸回来后，父子俩均被感染。妈妈不在身边，四岁的孩子一个人和爸爸分别留在医院里。陌生的环境，陌生的人员，再加上医务人员身上“白色”的装束，孩子受到了惊吓，哭个不停，让人揪心。

王瑜玲和她的护士姐妹们就过来，给他讲故事，陪他玩儿。孩子渐渐喜欢上了这些看不见面容的医生、护士阿姨，一看到谁进来，就张开胳膊让这个抱抱，让那个抱抱。此时，无论是谁都会走上前抱着他、搂着他，希望孩子能笑得“咯咯”的。

这个小举动，平时再正常不过，但要知道，孩子是病毒感染者啊，当他的胳膊紧紧搂着她们的脖子，当他的小手紧紧抓着她们的衣服，当他呼出的气息直接喷在她们的脸上，医护人员已经将自己置于被感染的高危险之中了。

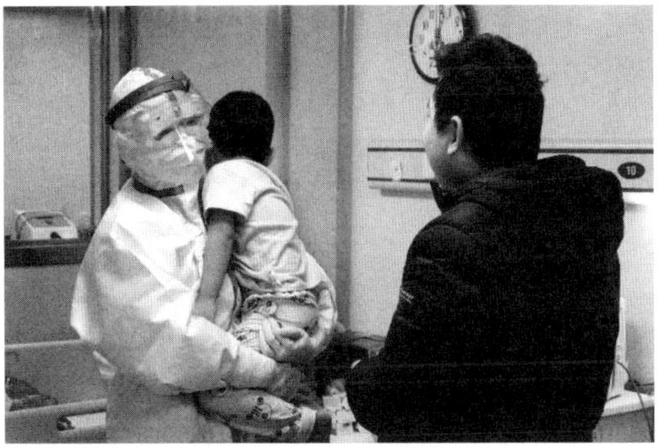

王瑜玲（左）在查房时观察患者，交代注意事项

可是，谁都没有拒绝，谁都没有嫌弃。她们用妈妈般的细心和关爱温暖着孩子，在孩子的眼中，这些身穿白色防护服的阿姨们，都是神奇的“天使”。

一个老太太，来自武汉。她除了感染了新冠肺炎，半边脸上也感染了带状疱疹。也许是为了排除痛苦和恐惧，老太太总是拉住医生、护士不停地说啊说。她说的是当地土语，王瑜玲根本听不懂，但为了让她获得心理安慰，她总是耐心地做倾听者，频频点头，给予了老人充分的理解和尊重。出院的时候，老太太不但治愈了新冠肺炎，带状疱疹也好得差不多了。临走时王瑜玲还给她开了治疗带状疱疹的药，叮嘱她要加强营养，按时服药。

每位护士一班工作四个小时，已经很累了，王瑜玲作为专家、主管领导，每天都工作十几个小时。为及时了解患者病情进展和恢复情况，她频繁地出入于ICU隔离病区和发热病区，竭尽全力做好确诊患者的诊治工作。患者的化验单、CT等，她都会一个一个看，拿出具体治疗意见。为节省有限的防护用品，她和她的团队就是再累也舍不得脱下身上重重的防护服，常常几个小时不喝水、不上厕所，哪怕嘴唇裂了口子、衣服被汗水湿透，也没有任何怨言。

王瑜玲带领着专家组秉承着“一人一团队，一人一方案，一人一专家组”的治疗原则，精心医治，因人施策，保证了所有入院患者都康复出院。

医者仁心

并不是所有的患者都配合治疗。染上这种病，每个人都会恐惧、焦虑，表现出的反应也各不相同：有的默默垂泪，有的整夜失眠。对于这样的患者，王瑜玲总是悉心关怀，耐心做好安抚工作；失眠严重的还给予药物帮助。

有的确诊患者绝望轻生，医务人员要谨慎收起一切危险用品，还要时刻盯紧。

有的疑似留观人员不肯留观，一次又一次威胁医务人员：“我不在医院里待着，你们不放我走我就跳楼！”

这些人大部分都是男性，他们情绪发作起来，身体瘦小的医生、护士根本按不住。有的还威胁医务人员：“你们别管我，别靠近我，再靠近我我把你们防护服撕烂，把你们口罩撕下来。”

失去理智的人，什么事可都做得出来。

真撕了会怎样？后果可想而知。但医生、护士能退缩吗？不能！放他们走了，不但是对他们自己不负责任，更是对社会不负责任。不论做了多少努力，都会因之功亏一篑！

每当这个时候，王瑜玲就又化身为心理导师，耐心地为他们做心理疏导工作，一遍遍地说，说到口干舌燥，直到他们心里的“结”彻底打开，肯配合治疗了，肯留下观察了，才放下心来。

王瑜玲说：“得了这种病，亲人又不能在医院里照顾，更需要我们用爱和温暖给他们信心。”

牙刷等洗漱用品，甚至连内衣内裤，医院都购买了发放到患者手中；

一日三餐，医务人员都给送到床前；

打水喂药，医务人员都亲自服侍；

重症患者大小便不能自理，医务人员端屎端尿；

患者心情苦闷，医务人员送来收音机和杂志。

她们既是患者的治疗者，又是他们生活起居的照顾者。

患者病情好转了，康复了，王瑜玲感到由衷的高兴。每一个即将出院的患者，医院都要从里到外给他（她）置办一整套新衣服。当他（她）洗澡后换上新衣，再送上一束鲜花，让他（她）以焕然一新的面目，高高兴兴地离开。

“大家好，我治愈了！谢谢医护人员对我的治疗，非常感谢！”2月4日下午2点30分，一名患者在门诊楼前鞠躬致谢。

该患者三十四岁，男性，在武汉市江汉区华南水果市场工作，于1月21日由武汉返石，1月24日，因发热到所在县医院发热门诊治疗，根据患者流行病学史和临床表现，1月27日，被转送石家庄市第五医院。

王瑜玲和她的团队对他进行了抗感染、抗病毒、提高免疫力等多种方法的对症治疗，并运用中医中药疗法，患者体温已经正常五天，肺部CT病变明显好转，两次核酸检测结果均为阴性，可以出院。

临走前，患者真诚地说：“医护人员不仅治愈了我的身体，更给了我家庭般的温暖，让我过了一个特殊而又温馨的春节。我要给正在就诊的病患打气，请大家不要气馁和恐慌，我们有技术精湛的医疗团队，有先进的医疗设备，还有全社会的关心，只要配合医院的治疗，肯定能治愈。”

他深深地鞠躬，再鞠躬。

王瑜玲边送他边叮嘱：“回家后一定要在家隔离两周，加强营养，按时吃药，有任何问题一定随时联系我们。”

医者仁心，体现着对医生职业操守的坚持，对生命的敬重，对患者视若亲人的关爱。王瑜玲以及她的团队，以他们的行动诠释了什么是医者仁心，也更代表了党和政府全心全意为人民服务的精神内涵。

无疑，王瑜玲没有辜负组织的信任！

“四栖动物”

同事们形容王瑜玲是“四栖动物”，是“八爪鱼”，大到专业、疾控、管理，小到护士的排班、文件的起草，细到84消毒液在地上喷洒后，叮嘱患者和医务人员小心不要滑倒。她既是指挥员，又是协调员；既是战斗员，又是管理员。哪里有事她都能第一时间顶上去。

为全院八百余名工作人员发放了五千余袋预防新冠肺炎的中药汤剂；带领团队在疫情期间申请了三项专利；针对新冠肺炎发热、新冠肺炎腹泻，总结了三个配方，获批了三个文号。

她太忙了，会诊、安排工作、安抚病人、向领导汇报患者情况、接待新闻媒体，一天到晚顾不得喝一口水，嗓子说哑了，嘴里出现严重的溃疡，不能吃东西，钻心地疼，心脏也出现了问题，胸闷气短。

即使这样，她也一刻不肯休息，白天开展工作，深夜在灯下写会诊日志，每一个病人什么情况，治疗中应该注意哪些事情，她都要认真记下，常常忙到后半夜，每天顶多睡三四个小时。她在四十多天时间里，记下了厚厚的三本诊疗日记。

她太疲惫了，吃不好睡不好，几天时间里暴瘦了十几斤。

对于她，个人的牺牲都不算什么，她关心患者，也关心同事。她是同事眼中最严厉的领导，又是最贴心的大姐。

她严厉，要求大家在工作中必须一丝不苟，在院感防控过程中，她督促医护人员落实医院感染控制工作，率领医务人员严格执行穿脱隔离衣及各项操作流程。严的基础是爱，唯如此，才能保证同事们“零感染”。

她贴心，同事们的任何不适她都能看在眼里。为了降低病毒感染风险，护士将楼道窗户打开通风，室内和室外同一温度。王瑜玲立即自己掏钱购买了三百多双袜子，把每人两双袜子装在盒子里送给大家。从来不搞文学写作的她，还用心创作了一首加油小诗，贴在每个盒子上作为鼓励。

对于年轻人，她爱护有加。一个年轻的护士，自己主动请战到发热病房，第一次面对病人，紧张得双手颤抖不已，硬是自己扎自己。幸亏她发现及时，把这位护士换下来，安慰鼓励道：“没事，护士也是人，有恐惧一点儿也不丢人，你放心去做，要相信自己一定行！”几句话让年轻护士放下了心理包袱，渐渐地，工作起来得心应手。

坚强后盾

王瑜玲和她的同事们，用柔弱的肩膀扛起山一样的重量，护佑着这座城市的平安。

从1月17日医务人员被安排在距离医院最近的酒店集中住宿，王瑜玲就没回过家。

不能和家人团聚，家里的事情更是一点儿忙也帮不上。老母亲九十三岁了，常年卧病在床，时刻都需要有人照料，还有年过八旬的公婆，行动不便，身边也需要人伺候，为人女，为人媳，她都无法尽孝尽责。

她也愧对女儿，忙起来连女儿的生日都忘了。白天忙着查房、会诊和安排患者检查，直到深夜才猛然想起：这个有纪念意义的一天又过去了，她竟然连一句祝福的话都没顾上说。

女儿并不怪妈妈，她理解并尊重妈妈的选择，也在用自己的方式支持妈妈，紧急动员国外的同学帮助购买口罩等防护用品捐献给医院，她还查阅疫情前沿文献，连夜翻译出来供妈妈参考……

爱人对她的工作更是理解加支持，他总说："你守护病人，我守护家庭、守护你。"

他是这样说的，也是这样做的。家里家外所有重担都压到了他一人肩上，照顾老人、打扫卫生、买年货、处理日常杂事都是他一人张罗。

可最让他担心的还是妻子的安危，他知道她忙，所以从不主动打电话和发微信打扰她，只是痴痴地等着她发来报平安的消息。这消息有时好几天她都顾不上发一条，有时是在深夜发来。妻子的只言片语，他都是开心的，看到她平安，他才能睡得安稳。她顾不上发的时候，他就默默地牵挂着。

很多时候，王瑜玲在深夜里拖着疲惫的身躯从医院里回宾馆。大街上一片寂静，寥落的灯光拉长了她的身影，她形单影只踽踽独行。突然间，一辆汽车从旁边缓缓开出，在她身后默默投射下一束灯光。她回头，看到那是自家的汽车，那是她的爱人，他不知在哪儿猫着，也不知猫了多久，只为等待她从医院出来，只为能看上她一眼，跟上她一路，为她照亮下班的路。

她的眼泪"唰"地一下流出来了，苦和累她都没有哭过，家人的关心让她感觉自己欠他们太多了……

她走着，他跟着，缓缓地，此刻，她多想靠在他的肩头歇一歇，可是她不能啊，疫情未退，他们的相聚还无法实现。

这个幸福美满的家庭，给了她坚强的支撑和后盾，每当想起家人，她的心里就涌起一股暖流。这暖流，成为她奋进的力量。

"燕赵楷模·时代新人"颁奖典礼上，主持人问她疫情结束最想做什么。她说："最想医院赶紧恢复正常的诊疗秩序。"

敬业如她，心心念念的都是工作！

当主持人再问她除了工作最想做什么的时候，她说："最想一家人去远方旅游，最想带着爱人和女儿去看望九十多岁的老妈。"

这愿望，简单又不简单，疫情未退，她依然要坚守。国内疫情得以控制，石家庄机场作为首都机场的备降机场，他们再一次投入阻击境外输入病例的战斗中。

她要继续与疫情作战，直到天下无疫、国泰民安！

作者简介

杨辉素，中国作家协会会员，石家庄市作家协会副主席，河北省文学院签约作家，河北省人大代表。在《小说界》《小说月报·原创版》《光明日报》等发表中短篇小说、报告文学等作品多篇，出版《永远还不起的债》等著作四部。曾获孙犁文学奖、中国民间文艺"山花奖"等。

创作感言

本文主人公石家庄市第五医院副院长王瑜玲，是坚守在石家庄本地的一名抗疫勇士。疫情发生以来，她作为医疗救治专家组组长、疾病防控专家组副组长，带领战友们昼夜奋战，以无私奉献、团结互助、拼搏牺牲的精神，筑起一道坚固的省会抗疫长城。可以说，他们的工作，直接决定着石家庄这座城市的安危，保证着全社会各项工作的有序开展！王瑜玲们，是当之无愧的城市担当！

王静：捍卫心中的信仰

◎冯小军

06-03-0003-013

06-03-0003-014

获奖词

『我是党员，防护服给我写上！』
总是第一个走进病房，最后一个离开
『这种中药袋不好撕开，我给您剪一下』
细心关注方舱每一个角落
嘴唇总是干裂，声音却甜美回荡
妇女节前，购买康乃馨送给女患者
三月的花，吹散了舱内的烦恼
在这里，她成了她们的女儿、朋友、亲人

始见“新大陆”

2020年3月10日傍晚，武昌体育馆微风习习，满目余晖，湿润的空气分外舒爽。连续几天的春雨滋润，方舱医院附近的绿植生机勃勃。报春花深绿色的叶莩簇拥着一朵朵紫色花朵，随风摇曳。

此时，刚刚参加过武昌方舱医院休舱仪式的王静和她的队友谢春伶、刘帅正站在花树旁边，她一下子发现方舱医院周边长着这么多的树，还有好多绚烂的花儿。新奇中她向前走了几步。哦，原来自己每天驻足的地方这样漂亮！她来方舱医院抗疫已经一个多月了，整天忙忙碌碌，竟然对它们视而不见，直到今天才发现有这样的“新大陆”！“是紧张的战斗已经结束，身心放松了的原因吧？”王静这样想着，诧异这么长时间自己每天经过的地方会这样不熟悉。心里询问着自己，惊奇的目光一直在那些娇嫩的花瓣和碧玉般的绿叶儿上摩挲，心间亢奋不已。

王静从挎包里掏出手机，开始拍摄那些美丽的报春花。她内心一阵躁动，再次抬头望向方舱医院的楼顶和不知道进出过多少回的大门。猛然间，一丝留恋的情愫涌上心头。啊，再见了我的方舱医院！再见了在这里每一个紧张忙碌的日子，还有那些成了朋友已经康复出院的患者们。

稍一停歇，她的脑海里又浮现出四十多年前发生过举世皆知的大地震的唐山市，燕山脚下的家乡。“以前自己从来没有跨过长江，更无缘在这个季节遇见这些让人心动的花卉。”此刻，王静内心深处真正感觉到武昌与家乡的遥远，还有物候方面的差异，连花花草草都大不相同。一时间，她的意识在南方北方来回跳荡。家乡的盐碱地，满脸皱纹的父母，还有儿子凯鑫顽皮的模样。他们都在她眼前晃动着，如同一帧一帧画面快速闪动。

此时，队友谢春伶呼喊她："静姐！静姐！"王静的思绪一下子回到眼前，目光抽回的一刻她看到谢春伶正在向她招手。

妈妈，我不愿意让你走

王静和她的队友们是2月4日凌晨2点30分接到出发通知的，组织者为他们预留出两个小时的准备时间，5点正式从玉田县城出发。

此前她已经向组织递交了请战书。她说："请允许我成为战斗在一线、勇敢抗击疫情的逆行者。我随时准备为保卫人民群众生命安全和身体健康牺牲一切。"如今真的要出发，她和爱人还是为一件事情犹豫起来。"喊醒儿子吗？""通知父母吗？"王静指望着丈夫拿主意，可丈夫还是希望王静自己做决断。王静坐立不安，几次在卧室里站起又坐下。最后她说："喊醒凯鑫吧！父母就不告诉了，等到了武汉再说。"

儿子被她喊醒，本来睡眼惺忪，听说母亲马上出发，竟一下子清醒过来："妈妈，我不愿意让你走！"

"妈妈去一周时间就回来。没事！在家里听爸爸的话，好好写作业！"王静故意表现得很随意，爱怜地抚摸起儿子的小脑瓜，"你已经十一岁，是大孩子了，要学会勇敢哟！"

儿子点点头，他不再缠着妈妈，不声不响地走到自己的小书桌前，拉开抽屉拿出一个小瓶子递给妈妈。"妈妈，这是你给我买的维生素，你说吃它能增强免疫力。我给你数了十四片，吃上它你就不会被感染。一定要记着每天吃两片！"说完他笑起来，"吃完这些你就回来啦。"他现出一副害羞的表情，一头扑到母亲怀抱。

儿子的话刺痛了王静，她眼圈湿润了：“儿子懂事了，药片本是给他吃的，他却想到给我带上，这孩子心思好重啊！”转念一想，“孩子也不小了，什么事情不知道？电视里每天都在播放疫情，多少医生、护士因为感染失去了生命，孩子能不知道吗？去，一定是第一线，就有可能回不来。”想到这里她有些伤感，一种诀别的心情油然而生，她把儿子抱得更紧了。

过了一会儿她镇定下来，自己寻思：“疫情不严重，国家能从全国抽调这么多人过去吗？多少个患者等着我们去救治，我怎能在孩子面前表现出懦弱呢？”想到这里，她掩饰起自己的情绪，双手支撑着儿子的肩膀，看着儿子。“妈妈一定会按时回来，”她对儿子说，“我们拉钩吧。”说着她弯起自己的小手指头。儿子听了妈妈的话兴奋起来，边和母亲拉钩边喊起了“拉钩上吊，一百年不许变！”

临行前，他们一家三口紧紧地拥抱在了一起。

王静和她的队友们经过一天的行程到达武昌，2月5日就开始了进舱前的各种培训。这位有十几年工作经历的护士长在一线护理团队中年龄偏大，又是党员，被任命为河北省第三批援鄂抗疫医疗队护理小组组长，临时党支部女工委员、党小组组长。

给我写上“我是党员”

武昌方舱医院由洪山体育馆改造而来，环境条件与病人数量给护理工作造成一定难度，因为没有经验可资借鉴。复杂的工作环境，超乎想象的病人数量，不论医生还是护士都感觉茫然。作为一个十人护理小组的负责人，王静勇敢地站出来说，防护服上给我写上“我是党员”！队友们一下子就感到有了依靠。

在王静的调度指挥下，大家安排了护办室，申领到所需物品。对一些一时难以解决的问题，王静主动对接武汉湘雅二院的肖全主任，沟通建议，完善提高。

为了防范可能出现的闪失，她明确表态："进舱时我第一个进，出舱时我最后出。社会上管我们的工作叫抗疫，是没有硝烟的战斗，是战斗就会有牺牲，大家千万不要心存侥幸。在这个问题上大家不要争，要争就争工作。因为我是组长，这是纪律！"大家无话可说，都在心里为这样的带头人点赞。

每一次进舱值班，王静总会让同事在自己的防护服上写上"党员王静"四个字，胸前背后都要写。她以为，这样亮明身份会让患者更好地监督自己，有事情多找自己。在她心目中，这样做不仅仅是多写"党员"两个字，里面更饱含着自己的信仰和责任。看似平常，却是与高举拳头向党旗宣誓的仪式一样庄严神圣。

"静姐！"每一声呼唤里她总是遇事不惊，又事事冲锋在前。发药、采血、测量血压血氧，舱内哪里需要哪里就有她的身影。作为组长，她及时发现患者的需求，发放牙膏、牙刷、卫生纸等生活用品处处体贴细心。为患者送饭、运水，推氧气筒，总是主动上前。她用自己的一言一行默默地感染着大家，身居最危险的前线，观察着患者的每一个眼神，倾听着病人发出的哪怕一丝呼唤，把救死扶伤、挽救生命的细微工作做到让人暖心、贴心的地步，树立起了B区护理团队里一面呼啦啦作响的党旗。

一次巡护中，一位年轻患者异常焦虑，坐卧不安，来回走动，引起了王静的警觉。她便走过去询问情况。没想到刚开口，这个小伙子就流下眼泪："临来前我父亲也咳嗽，只是不太严重，他执意让我来住院。可住进来我才感到八成他也感染了。我想让他住院，不知道该找谁，应该怎么办。”听着患者一句接一句带着哭腔的陈述，王静明白了。她心平气和地安抚他，并用对讲机与队领导联系，问清了住院流程和联系方式，把结果告诉了这位年轻患者。最后这位年轻人与社区取得联系，掌握了父亲的病情和去向，焦虑的表现瞬间消失了。

还有一次，临下班时一位女患者匆匆忙忙找到王静，声言：“我必须出院，要不就把我转到第七医院！”

“为什么啊，都这么晚了？”王静关切地问。

“刚才家里人微信告诉我，父亲正在第七医院抢救，可能要不行了。我必须出院见我爸爸！”说着，这位大姐一屁股坐在地上呜呜地哭起来。

王静听明白了。可她清楚，这件事没有那么简单，哪儿能说出院就出院？于是她把这位大姐扶到床边，一边给她擦眼泪一边开导她：“大姐你先不要激动，也许情况没有你想得那么糟糕。我马上就与外围沟通。你现在也是病人，要控制情绪。你的家人也在外面等你康复啊！”这位大姐依

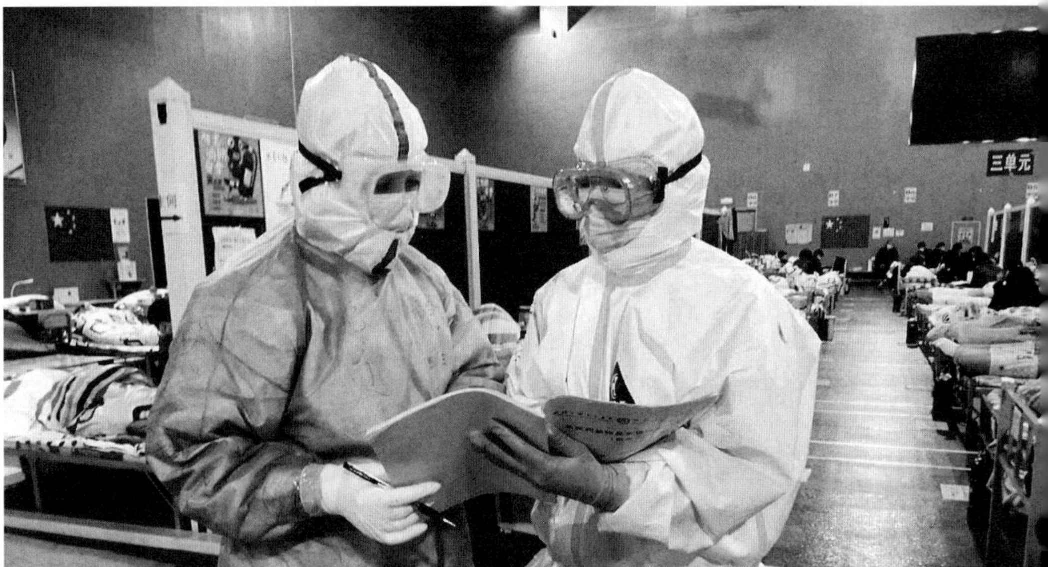

王静（左）正在与上一班次组长进行工作交接

旧激动、烦躁不安，一直在哭。王静不知道说了多少劝慰的话，总算让她平复了情绪。下一班的队友已经接班，王静把这位患者的情况与接班的同事做了详细交代才放心地离开了。

唐山人懂得感恩

到武昌安顿妥当后，她抽时间与父母进行了视频通话。开始母亲挺高兴，还以为她在县城的家里呢，可喊着外孙子名字却不见孩子的身影，周围的环境也不像她的家里，父母便追问怎么回事。王静已经想过很多遍了，已经决定把实情告诉他们，就直截了当地说自己正在武昌，参加了医疗队。

母亲从父亲手里夺过手机，急吼吼地问她："大静你说啥？你去武汉啦？"

"嗯，到这边了。"

"你真是翅膀硬了，这么大的事情也不事先跟我说一声儿？"

王静看见母亲把手机给了父亲，抹着眼泪移出视线。

父亲也草草地说了一句话，就关了视频。她明白，父亲是劝母亲去了。

过了好一会儿，手机响了一下。王静拿起查看，是父亲发来了微信："大静，爸妈支持你的工作，你作为一名共产党员，必须听党的话！别惦记家里，我们会照顾好自己的。"

1983年8月，王静出生在唐山市玉田县窝洛沽镇起家营村，父母都是农民。她和妹妹王娜是双胞胎，父母后来又生了三妹。这样的家庭环境培养了她挑头做事、敢作敢为和勇于庇护弱小的性格。或许她和二妹是双胞胎的原因，打小儿她们姐妹俩的身子骨就不太强壮，爱生病，没少跑医

王静在白板上记录需要特殊关注的患者相关事项

院。俗话说孩子病一场成熟一回。常常生病的王静历练得比那些没有进过医院的孩子要成熟。她不怕打针吃药。卫生院的护士们每次看到王静打针不哭不闹都夸她懂事，邻居们常常用她的勇敢行为教育孩子：“哭！哭啥呀？瞧瞧人家大静！”

小时候母亲经常给她们讲故事，王静印象最深的是唐山大地震后窝洛沽卫生院和镇小学接收地震伤员的事。母亲告诉她，当时被安置在他们镇上的伤员很多，缺胳膊断腿儿绑着绷带的，满脸青紫涂着药水儿的，都躺在学校操场的席棚下。烈日炎炎，可受罪了。母亲告诉她，咱们镇上的医生个个有本事，经他们医治，不少伤员在这里康复后陆陆续续地回家了。这些故事在王静幼小的心田上播下种子，随着年龄增长，她越来越喜欢上了医生这个职业。

2002年她高中毕业，参加高考后被承德医学院录取，成了护理专业的一名本科生。2006年她光荣地加入了中国共产党，成了为数不多的学生党员。2007年她取得了医学学士学位。毕业后，她在玉田县医院找到工作，开始了自己的护士生涯。

她是一个不断追求上进的人，2012年她考入河北联合大学学习公共卫生与预防医学专业，两年后取得医学硕士学位，2019年12月评审为副主任护师。由于她的工作业绩突出，2011年以来五次被评为玉田县优秀护士和最美护士，2018年获得唐山市优秀护士称号。

听不得病人呻吟

进入方舱医院后，王静凭借她多年内科护理经验，注意从细节观察患者，根据病情通知医生及时转出重症患者。2月27日夜间王静值班，舱内一位六十多岁的老大爷突然呻吟起来。王静遵医嘱给他喂了口服药，但是患者的症状一点儿也没有缓解。王静立即为患者做了心电图检查，结果发现患者心脏出现异常，便及时通知医生。一个小时后患者顺利转院，避免了病情恶化。

一场细心的护理结束了，王静深深地吐了一口气。尽管从事护理工作已经多年，生生死死见过多少回了，但是刚才的一幕还是让她心跳不已。倒不是因为劳累，也不是紧张，完全因为患者是一位感染了新冠病毒肺炎同时伴有慢性病的人。她清楚，如果护理不到位，不给予精心的照顾，这位患者很可能变成重症，甚至闯不过鬼门关。

在这次人类从未遭遇过的疫情面前，在这场猝不及防的遭遇战中，已经有了太多的伤亡，我们已经没了退路，必须勇敢面对。自己做的仅仅是日常的护理工作吗？不！前人没有遇到过这种病毒，自己战斗的方舱医院从未出现过。医生是战士，护士也是！只是分工不同。我们要做的也不仅仅是为患者打针服药，新的战场、新的形势，赋予了护士新的工作内容。规范化管理、宣传教育，还有心理疏导……

她在心里提醒自己，只有把自己的一颗心交给患者，才会得到他们真心的爱戴。

“您小心脚下，注意安全。”

“您这样洗手不太规范，我来教您吧！”

“您现在血氧饱和度97%，感觉胸闷吗？”

“这种中药袋不好剪，我给您剪开吧！”

方舱内环境嘈杂，加上口罩阻碍，护士们说话几乎是喊。病区里几百个病人，一次巡视下来口干舌燥，大汗淋漓，感觉每一口呼吸都是奢侈，他们却没有因此少说一句。

穿着厚重的防护装备，大家的听力和视力都下降了，加之语言不通，严重影响着沟通效果和工作效率。在为患者发放物资时，出生在北方的护士们听着患者喊着“浮子”怎么也不明白。她们想到上网搜索，却没有结果。王静决定从方舱里找两位轻症患者教给大家当地方言。

年轻的志愿者说一个词，护士们学着说一遍：

拖孩——拖鞋！

胯子——大腿！

浮子——毛巾！

…………

经过学习语言，沟通顺畅多了，护士们与患者之间的感情增进了。

隔离病毒不隔离爱

2月17日晚，王静正在电脑前梳理一天的工作，儿子打来视频电话。

“妈妈，你在哪儿啊？啥时候到家？”

“咦！你是不是没好好吃饭？瘦了吧？”

“两周时间到了，你今天回来吗？”

“哦！妈妈的任务延期了，不能回去。”

“妈妈骗人！骗人！”

透过屏幕，王静看到儿子不高兴了，噘着小嘴儿，表现出耍赖的模样。王静一想，是自己食言了，便开导起儿子。毕竟是孩子，哄几句也就欢喜起来。王静感觉儿子好像一下子长大了许多，他告诉妈妈：“妈妈你放心吧，我明白，回来不回来也不是你说了算。你就安心干吧，我们等你平安回家。”

这是王静第一次从儿子口中听到这样的话，虽然还是童音语调，却像大人说的。那一刻王静心软了，马上关了视频，自己捂着嘴巴哽咽了好久。

王静从儿子想到了父母。自从那天视频通话后，她决定改用文字报平安。一回两回可以，久了父母就不干了。老人宅在家里，闲着无事，看不到王静的视频时就会胡思乱想，想得难耐时就主动给王静打过来。正赶上王静值班，没有接通。两位老人一时成了热锅上的蚂蚁，坐在家里磨叨起来。

父亲说：“这是值班去了？”

母亲说：“值班也得带手机啊！”

“忙呗！”

“再打一回！”

王静恰巧在更衣室，又没接通。父母更加着急了，怀疑王静被感染隔离了，情急之下给女婿张宝余打电话。回答没事，还是没完没了地追问：“肯定是骗我们的，几天了只发文字！今天一整天都有事？肯定有原因。”

张宝余只好给王静发了微信，嘱咐她：“一定要给咱爸妈发视频，他们要见你真人儿！”

王静找了个空闲与父母视频聊天，又遭到父母一致嗔怪：“你知道我们不放心，还偏发文字！”“再忙也不差那一会儿啊，找啥理由？”王静解释几句，估计两人也没听到。她明白，和老年人通话时他们多半时间是自己唠叨，让人插不进嘴。王静干脆让他们自说自话，耐心地听他们宣泄。

前方与后方

王静虽然工作在抗疫前线，可从来没有脱离组织，脱离朋友圈。她常常在微信圈里与领导和朋友交流。

王静派出单位玉田县医院的领导时时关注和关心他们，3月2日，院长张富为王静发来一首诗：

和风细雨透窗台，
户外垂柳芽竞开。
遥望江城难邂逅，
万里长江满目霾。

美丽三镇空街巷，
竞眼杏林天使白。
新冠恶魔缚于手，
万家团圆皆自来。

明天，河北支援湖北医疗队第三批队员就要撤离武汉了，王静想把这个消息告诉张富院长，于是两个人再一次用微信交流起来。院长询问王静的身体状况，了解撤离武汉后医学观察的安排。王静明白，虽然自己和伙伴们被单位派到前方，可家乡人，单位的同事们却无时无刻不在关心他们的身心健康。3月10日，张富院长在电视新闻里看到习近平总书记在武汉考察的消息，他很想知道王静见到总书记没有。其实，王静也是从电视里获知总书记来武汉视察的消息。两人交流许久，深深体会到面对疫情全国上下总动员，同舟共济、众志成城的力量。能在这么短的时间把狡猾的新冠病毒压下去确实不容易。有今天这样的初步战果，得益于党中央采取的果断措施，得益于全国支援武汉、驰援湖北的正确举措，得益于我们国家政治稳定和社会经济整体进步。最后，他俩用表示力量的表情符号结束了对话。

三八国际妇女节快到了，王静考虑到患者不能与家人团聚，提前五天联系了十几家花店，自费购买了康乃馨送给女患者。王静说："患者跟我们一样不能与家人团聚，在这个节日里我就是她们的女儿、朋友和亲人。"患者们被王静的善举感动着，纷纷与她合影留念。

休舱前的最后一个夜班，她与患者依依惜别，握手、拥抱，相约明年来武汉看樱花、去河北游玩。经过一个多月的风风雨雨，他们俨然成为一家人。

"我们以后一定要去你们河北，看看是怎样的水土养育了你们这样可爱的人。"

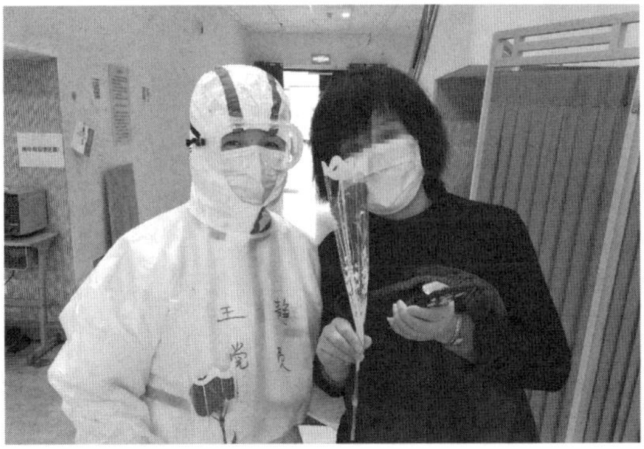

三八妇女节，王静为方舱内女患者送上鲜花，共度节日

作者简介

冯小军，中国作家协会会员，河北省散文学会副会长，《生态文化》副主编。著有《转型期笔迹》系列和《林间笔记》《美在民间》《绿色奇迹塞罕坝》《绿水青山看中国》等。曾获冰心散文奖、孙犁文学奖、河北省精神文明建设"五个一工程"奖等。

创作感言

很荣幸参与“燕赵楷模·时代新人”抗疫故事的写作，为抗击新冠疫情出一份力。采写过程中，我最感动的是王静那句“我是党员，在防护服给我写上”的铿锵誓言。她把患者当亲人，哪怕听到最轻的呻吟也会马上跑过去护理。三八节到来之际，她为患者送去康乃馨，以心换心的举动得到患者的爱戴，被誉为“方舱里的花仙子”。写作中我一直被王静的事迹感动着，被她和队友们的奉献精神感动着。我想，如果读者认可我的写作，那也是她的事迹感人，我只是一个忠实的记录者。

安辉：安然岁月铸辉煌

◎尚未

06-03-0003-015

06-03-0003-016

获奖词

知道危重患者需要ECMO支持后
她第一时间在请战书上按下红手印
首次出征，科学判断
她为四百公里外的专家组提供了精准信息
凭借过硬技术、坚韧精神
在挽救生命的争夺战中，给患者带去生的可能
……
来不及调整休息
她先后四次出征张、沧、秦、唐
ECMO救治小组多了位硬核『大将』

有时，人与人的生活状态会截然相反。

早上8点30分，我已经喝了杯温水，且在椅子上坐了十几分钟，昏睡一宿的脑袋彻底清醒了，才拨通安辉的电话。用最短的时间，我说明了打扰她的原因。明显听出，安辉的嗓音有些沙哑，我以为她正在重症监护室忙碌，心中不免有些忐忑，忙说："您若忙，抽空咱再聊。"

她似乎笑了："没事，昨晚夜班……"

我顿感冒失："那您先休息，过后再说。"

紧急电话

2020年1月31日，大年初七。

19点多，本就充斥着紧张气息的窗外，苍穹如墨，若不是有远远近近的灯光穿插摇曳其中，这种氛围，会让人感觉呼吸都不顺畅。

手机未响之前，安辉的心情是轻松的。

孩子去奶奶家没有回来，温馨的小家里，只有她和丈夫两个人，这让温馨的感觉愈加浓烈。自新冠肺炎疫情暴发至今，保定市第一中心医院的防疫工作超乎寻常的忙，作为重症医学科副主任的安辉，心中时刻有根弦儿紧绷着，以至于表情也比过往严肃。今晚，难得的倒班休息，她可以暂时放下一切，与爱人共享二人世界了。

吃过晚饭，她和丈夫坐到沙发上，习惯性地打开了电视的新闻频道。

屏幕中，全国各地的医务人员正一批批赶赴湖北，驰援武汉。安辉看着看着，眼睛有些湿润，正打算起身去倒杯水，爱人却攥住了她的手。

“你说，”丈夫的眼中有一丝担忧掠过，“你们单位会不会也派你去武汉啊？”

安辉愣了一下，旋即笑了：“那可说不好。”

话音未落，她的手机响了。两人的目光齐刷刷地落到了闪烁的手机屏幕上。是医院打来的。

“张家口一例新冠肺炎重症患者病情危急，需要精通ECMO救治的医护人员，我院接到紧急指令，经院领导研究决定，安排你连夜出发，驰援张家口市传染病医院……”重症医学科主任程连房的声音从话筒里传出来。

房间里的温馨，顿时被收割殆尽。

医院来接她的车已经停到了小区门口，安辉迅速行动起来。丈夫已经习惯了妻子的工作状态，很配合地将她的行李箱拎到了客厅。三十五岁的安辉作为重症医学科ECMO技术小组成员，已有九年的危重症救治经验，是第一中心医院熟练掌握ECMO评估及运用技术的专家之一，曾在“H7N9禽流感”、张家口“11·28重大爆燃事故”等“战役”中屡建奇功。对她而言，紧急出差，早已成了家常便饭。她的行李箱中，除去需要添加几件应季衣服外，其他生活物品是常备的。

“先别跟爸妈说，没准儿我两三天就回来了。”安辉一边熟练地收拾衣服，一边对丈夫说。嘴里说着这些，脑袋却嗡嗡作响，像有只硕大的蜜蜂在飞——这么重的病人，交给我去处理、研判，安辉啊，这可是院领导对你的信任，千万不能有半点儿差池！

“我明天就把孩子接回来。”丈夫接过安辉递过来的衣服，快速地帮她整理着行李箱。

“若是孩子问，就说我在医院加班。”安辉穿好羽绒服，再次叮嘱。

丈夫默默地点了点头。

两个人一起下了楼，快步朝小区门口走去。外面很冷，很静，与温暖的室内相比，像是两个相背而行的世界。

“这新冠肺炎的危重症患者，可能危险性更大，你要格外小心。”丈夫一手拎着箱子，一手整了整安辉的羽绒服帽子，很担心地说。

安辉想朝丈夫笑一笑，但没笑出来，只得“嗯”了一声。

远远的，小区门口负责疫情防控的人员，警惕地望着这对夫妻快步走近。安辉简略地说明了情况，对方立即露出敬佩的目光。小区外，来接安辉的车静静地停在路边，两盏锃亮的大灯，将前面空无一人的街道照得通透。

临行叮嘱

司机说还要去接护理老师杨亚丹。

杨亚丹是第一中心医院重症医学科的护士，“90后”的小姑娘，平时看似大大咧咧的，一旦面对工作，却特别认真，还爱学习，安辉很喜欢她。院领导之所以安排她跟安辉一起出征，也是经过综合考虑的。

车子在宽敞的街道上飞驰，万籁俱寂，只剩下轮胎与地面摩擦的声音。

安辉扫了几眼夜幕下的街道，掏出手机，拨通了科主任程连房的电话。

“生活用品都带齐了吗？”程连房先开了口。

“带齐了，主任。”安辉心中一暖，随即问，“您知道张家口的情况吗？”

“目前还不太清楚，只知道是危重症，急需ECMO专家……”程连房话音一转，叮嘱道，“专业上我相信你，要稳住，关键是做好自身防护，目前，大家对这个新冠病毒的了解还很有限……”程主任的话还在安辉耳边回荡，车外，护士杨亚丹已经拎着行李箱急匆匆走过来。司机急忙下去帮她安排妥当。安辉挂了电话，跟亚丹打过招呼，车子很快重新启动，朝第一中心医院赶去。

偶尔，对面会有车灯照进车内，为略显紧张的氛围添了些暖色。

疫情发展至今，作为一名重症医学科的博士，安辉并没有接触过新冠肺炎病人，保定市仅有几个轻症病例，对于全市的医护人员来说，谁都不清楚危重症新冠肺炎病人到底是个什么状况。

未知，会产生莫名的恐惧。

安辉不是担心自己，而是担心无法准确判断病人的状态，导致治疗失误。

人命关天啊！

医院里，党委书记、院长郭淑芹，重症科主任程连房等人眼见安辉和杨亚丹赶到，急忙走上前来。

“做好打硬仗的准备，”郭淑芹叮嘱说，“确保安全的情况下，要全力救治病人……”

“务必要做好自身防护，一定要安全去，安全回！”程连房对安辉与杨亚丹说。

…………

看得出，领导们特别不放心，在很短的时间内，将该嘱咐的话都说了。

然而，时间紧迫，容不得再耽搁下去了。为确保安全，医院安排了两名司机轮换驾驶，21点多，这辆满载着焦灼与希望的车，驶出了保定市第一中心医院，顶着茫茫夜色，向塞外山城张家口驶去。

事后，安辉得知，当车子启动后，她们科室的主任和护士长一直盯着汽车消失在视线中，随即，护士长就哭了。程连房想安慰她，话还没说上两句，自己的眼泪也夺眶而出。在技术上，他们相信安辉和杨亚丹，但对这凶险的新冠病毒，人们还缺乏全面的了解，如今，她们却要直面生死，万一有个闪失……善良的人们不愿再想下去了。所有担忧与心疼，终致化作滚烫的泪水，悄然滑落。

星夜驰援

夜色，像一张厚实的黑幕，欲将前方的道路封堵，奈何车灯明亮，硬是撕开了一道宽宽的口子。

车内，安辉不停地通过电话了解张家口的病人信息，主任程连房也接二连三地来电话，提醒她应该如何去处理各种情况。时间，在急迫中缓慢逝去。

22点，23点，0点……

两位司机轮流休息，而安辉与杨亚丹却毫无困意，始终在与张家口的战友们保持着电话沟通，对方也详细地介绍着病人目前的状态，并在积极准备相关的医疗器材、仪器设备，组织团队人员。这期间，安辉与杨亚丹也在商讨到了张家口之后如何展开工作。事关重大，必须提前想到任何可能发生的情况，她们每多一项考虑，都意味着能为患者带去更多生的希望。

第二天凌晨2点左右，安辉他们的双脚踏上了张家口的土地。这里，比保定要冷得多，人刚一下车，刺骨的冷就将安辉和杨亚丹包裹起来，但由于心中着急，也顾不得这些，她们很快被引进了张家口市传染病医院的会议室。

屋内，坐着很多人，每个人都一脸的紧张与焦灼。这种场景，瞬间驱散了安辉身上的寒气，她心中的那团火燃烧了起来。尽管途中已经多次沟通，但专家组的成员还是详细地跟安辉她们两人介绍了病人的最新情况。

“我需要去看看病人的实际状态。”安辉说。

上ECMO体外膜肺氧合操作，医务人员需要三级防护，即使没条件也必须穿上防护服，戴好护目镜、防护面屏，条件允许的话，需要配搭正压吹风头套。让人欣慰的是，张家口市传染病医院里，这些防护物资都有。

为了保证她们自身的安全，院方随即安排该院的副院长为安辉和杨亚丹详细讲解了正压吹风头套的使用方法，并让二人进行了试佩戴。之后，负责院感的老师，又对两人进行了穿脱防护服的再次培训。这一过程，时间很短。安辉调动每一个记忆细胞，以最快的速度，最大的限度，重温了每个动作细节。

培训结束后，安辉提出自己先进病房对病人进行评估。

“安主任，我要跟着你！”杨亚丹抓住了安辉的胳膊，一脸的焦急。

“评估病人，我自己就可以，还不需要护士进去，若需要协助，我再叫你。”隔着厚厚的防护装具，安辉劝慰道。

杨亚丹相信安辉的判断，只得用力点了点头。

其实，安辉知道杨亚丹这是担心自己。但是，临行前，院领导和程连房主任一再叮嘱她，既要不负使命，又要确保安全，安辉不得不慎重考虑每一个环节。目前，病人到底是个什么情况，她并不清楚。由于新冠病毒是突如其来的，此时，整个河北省对它的了解还很有限，为了万无一失，只要接触了新冠肺炎病人，都要被隔离。杨亚丹是个尚未结婚的女孩儿，在安辉看来，这就是自己的亲妹妹，她首先想到的是最大限度地保证杨亚丹的安全。

这是安辉第一次近距离接触新冠肺炎危重症患者。

厚厚的防护装具，似乎将安辉与现实世界隔离开来，一切都安静极了，她不仅能听到自己的呼吸声，甚至能感觉到心跳的声音。

扑通，扑通……

果断研判

患者正安静地躺在病床上，与安辉见惯了的普通ICU患者没什么两样，望着老人那略显苍白却又平静的脸，她很难想象这位老人已经感染了多人。

来的路上，安辉听到最多的是“患者情况危急，需尽快完成评估，上ECMO抢救”，但此刻，她发现情况没有想的那么糟。

“患者有什么病史？”

“现在呼吸机参数是多少，有没有调整空间？”

…………

一句句专业干练的询问，从安辉的口中发出。很快得到了回复，她心中渐渐有了把握。多年的专业素养告诉她，面对患者目前的状态，必须谨慎上ECMO。ECMO的运行逻辑，是通过血泵代替心脏，膜肺代替肺脏，将血液持续运输到人体，维持各个器官运转，维持生命，但是，它不同于其他设备操作，一旦评判不好，适应症把握不准，不该上机时上了，反而可能加速患者的死亡！

现在上机，患者会有什么风险？

切口选在哪里？

患者目前的状态能否承受？

一个个问题，像一把把锋利的剑，悬在安辉的心头。

她必须做出抉择。

几百公里外，石家庄市远程会诊中心内，患者的生命安全也时刻牵动着省领导和专家组成员们的心。在张家口的现场，安辉是唯一的ECMO专家，她的每一步操作，都受到高度关注。

时间，一分一秒地流逝，每个人的心头，都仿佛摆放着一台闹钟，在滴答、滴答作响，让人很是担心它会随时引爆一颗炸弹。

安辉第一时间连线了程连房主任。

“你感觉怎么样？”程连房问。

安辉思索片刻，回答说：“我认为，暂时不需要上机。”

程连房又详细地了解了一下病人的状况，最后说：“我相信你的判断，做决定吧！”

安辉在心中为自己攥了攥拳头。她随即向省专家组进行了远程汇报：“病人进行肺复张及俯卧位通气后，目前存在治疗空间，我认为，暂时不需要上机。”话音落地，安辉松了一口气。

远程会诊中心内，专家组成员们进行了紧张的沟通，最终决定，接受安辉的意见，为确保病人的安全，六个小时后，再进行二次评估。

从重症室出来，已是凌晨5点多了，夜，正是黑得彻底的时候。

考虑到安辉近距离接触了新冠肺炎患者，院方将她安排到了专门供一线医护人员休息的住宿楼内。其实，在严密的防护下，安辉并不属于密切接触者，但她对院方的安排没有任何异议，唯一觉得遗憾的，是和杨亚丹分开了，孤零零的一个房间，缺了说话的人。

好在，杨亚丹的电话及时追了过来。

“安主任，睡了吗？”

安辉轻声一笑：“哪儿那么快，还没有。”

“饿了吧？”杨亚丹咯咯地笑了，“出发前，医院给咱准备的零食还在我这儿呢。”

“我不饿。”

“一会儿我给您送过去。”杨亚丹快人快语。

“不行，咱俩不能接触！”安辉急忙说。

“没事，我让工作人员放到楼门口，您现在就下来吧。”杨亚丹说完，挂了电话。

安辉只得出了房间，快到楼门口时，远远的，望见杨亚丹也站在那里，急忙又拨通了她的电话，“亚丹，你站到黄色隔离线以外，我再过去。”安辉提醒道。

杨亚丹照做了。两个人远远地见了面。

“安主任，您没事吧？”杨亚丹问。

“挺好的，你也赶紧回去休息吧。”安辉朝她笑了笑。

再次回到屋里，一切很快安静下来，但安辉根本无法入睡。脑海中全是病人的各种监测数据，全是病人那张苍白却平静的脸。这平静的背后，却隐藏着无数凶恶的新冠病毒，随时可能让这张脸变得痛苦、绝望。又好像突然站在了重症监护室内，眼前各种管路闪烁着红色的光、橙色的光，还有蓝色的光，一台台设备发出沙沙的声响，上面的曲线跳动着，像一根根绳索，牵着她的心脏也随之跳动。

关键决断

电话突然响了，这次极为清晰。

安辉猛地从床上坐了起来。

两个小时后，病人的第二次评估开始。

考虑到穿上防护服之后，听诊器也就失去了作用，为了准确掌握病人的状态，安辉提出，这一次评估，需要将超声诊断设备作为“床旁听诊器”，以确保各项数据更加准确。院方随即安排了超声科的医生。

两个人一起穿上了防护服。

在这个过程中，安辉发现自己很平静，早没了昨夜第一次穿防护服时那种莫名的担忧。

“放心，有我在，你不会有事的。”超声科的医生一边帮安辉检查防护服穿得是否规范，一边笑着安慰道。

安辉的心里又是一暖。

2月1日11点，安辉再次走进了病房，像上次一样，仍是安静极了。因为用了镇痛镇静治疗，此刻，病人静静地躺在那里，像是已经进入了深度睡眠。

依靠超声这个“床旁听诊器”的协助，安辉为病人进行了全面查体。令她深感欣慰的是，与前几个小时相比，病人的各项指标有了进一步好转的迹象，血氧饱和度也有所提高。但安辉仍不敢掉以轻心，与战友一起仔细地做着彩超检查。

护目镜上，很快蒙上了一层哈气，视线有些模糊。

安辉努力减少呼吸的频率，尽量瞪大眼睛，贴近屏幕去看超声的图像，记录下一些超声数值。突然，她觉得有些头晕，甚至开始恶心，想要呕吐——安辉，安辉，你要稳住、稳住！她靠毅力告诫自己：你必须坚持住，你现在的坚持，就是给了病人生的希望！

安辉再次稳了稳呼吸。头晕的感觉轻了些。

平时仅需半个小时就能完成的工作，她们竟然做了一个多小时。在这漫长的一个多小时内，安辉全神贯注，忘记了外界的一切，眼前、心中只剩下躺在床上的病人，只剩下了一组组的检测数据——生命的数据。

彩超结果显示，病人的心脏功能比想象的要好，肺渗出的情况在可控范围。

真是一个好消息！

对安辉而言，没有什么比这一结果更令她欣喜的了。

但是，一次评估，对安辉而言是专业判断的正确与否，而对于病人，却是生与死的决断。安辉不敢有丝毫疏忽。她迅速将心中的欣喜压了下去，继续心无旁骛地观察、监测着病人的变化。

时间，在坚守中一分一秒地无声溜走。

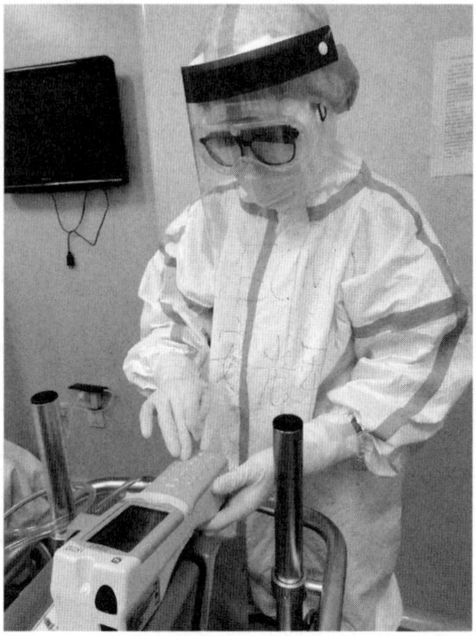

唐山传染病院负压病房里，安辉为ECMO上机患者进行凝血功能检测

终于，专家组收到了安辉的精准汇报："目前，患者氧合指数较之前稍有好转，考虑呼吸机治疗联合俯卧位通气有效，还存在治疗空间，暂时可以不用ECMO辅助支持。"

激烈的讨论随即展开。

下午4时，北京清华长庚医院重症医学科的许媛主任，支持了安辉的评估结果。专家组随即达成一致。

本来是应该兴奋的，但很奇怪，得知结果的安辉，内心毫无波澜，好像那里只是一汪静水。她语气平和地向床旁的一线医生交代了需要注意的事项后，迈着略显笨重的双腿，安静地走出了隔离病房。

脱去防护服，回到宿舍，已经是18点多了。

窗外，黑黢黢的，冷飕飕的。望着那漆黑的夜色愣了一会儿，强烈的疲倦感猛然袭来，安辉这才意识到，自己已经两天一夜没正经睡眠了，今天又一整天没吃没喝，她很怀疑自己是怎么坚持过来的。看看放在桌上的晚饭，安辉仍不想去动，只是喝了几口热水，就散了架一样躺在了床上，却怎么也无法聚拢那些弥散在体内的困意。

但愿，氧合指数可以恢复正常。

但愿，病人可以好起来。

屋子里，格外的安静，安辉猛然想起自己的手机还处在关机状态，急忙拿过来开了机，果真，微信里有很多留言。她急忙逐一回复，向远在保定的院领导汇报了一下近况，又跟家人报了平安。

两周后，安辉得知，张家口市传染病医院收治的这位新冠肺炎危重症患者，在医护人员的精心护理下，治愈出院了。

而这时，安辉已在距离张家口几百公里之外的沧州了。

雪夜转战

宣化、下花园、怀来……前面就是京藏高速八达岭段了，墨块般的天空中，突然有白蛾子扑了下来，一只、两只，转眼就铺天盖地的——是雪花，大片的雪花，鹅毛般的大雪花！

坐在救护车的车厢内，尽管视野受限，安辉还是看到了外面的变化。

不由得一阵惊喜，旋即又有一丝担忧掠过心头。

“可千万别耽误事儿啊！”她默默地说。

这是2月5日的深夜，几个小时前，安辉和杨亚丹还在为张家口市传染病医院的那位患者情况好转而欢欣鼓舞，认为她们马上就可以返回保定，回到熟悉的环境中去了。可就在傍晚时分，河北省卫健委打来了电话。

她们暂时不能回去了，沧州那里有了新冠肺炎病人，需要安辉和杨亚丹立即赶过去！

此时，已经有来自石家庄的ECMO小组赶赴沧州了。

张家口距离沧州，实在是不近，安辉决定连夜出发。但这时，新的问题又摆在了面前。

由于当时全国的疫情发展形势依旧严峻，大家都认为这个新冠病毒传染性是非常强的，而安辉接触过病人，虽说算不上密切接触，但人们的心里仍是有顾虑的。

谁也不敢掉以轻心啊。

尤其是司机。

寒冷的冬夜，车内是个全封闭的环境，不穿防护服吧，司机担心自己的安全；穿吧，那么远的路程，七八个小时憋着闷着，别说司机了，安辉本人也受不了，再说也不利于行车安全。

怎么办?

思来想去，院方找来了一辆前后有隔挡的救护车，解决了这个问题。然而，安辉考虑的却是杨亚丹的安全。

“亚丹最好跟我分车坐。”她说。

“没事，安主任，我不怕，”杨亚丹一脸无畏地说，“我可以跟你坐同一辆车！”

安辉不禁一阵感动，但仍坚持与杨亚丹分开。

张家口的战友们也认为安辉这么安排是对的，很快又为她们准备了一台轿车。这样，安辉坐进了经过消杀处理的救护车，杨亚丹乘坐小车，19点整，两台车一前一后，向沧州驶去。

此刻，杨亚丹乘坐的车，早已消失在了视线中。安辉想闭目养会儿神，但车厢里的那个出风口仍在嗡嗡作响，快要散架一般，却没有暖风送出。由于救护车经过了消杀，地板上早已冻了薄薄的一层冰，这让她感觉越来越冷，于是动了动手脚，裹紧了羽绒服。

外面，雪越下越大。司机将车速降到了三十多迈，不敢有丝毫大意。

大雪带来的寂静，放大了出风口的噪音，安辉终于有些心神不宁了。

“师傅，师傅！”她忍了一会儿，还是拨通了司机的电话。彼此间有隔挡，无法交流，出发前她就和司机互留了电话和微信。

“哦，安主任，有事？”司机问。

“这个后面，有个出口噪音太大了，也没暖风，能不能给调一下啊？”安辉笑着说。

听着司机是在驾驶台上鼓捣了一会儿，却噪音依旧、寒冷依旧。

“实在抱歉啊！”电话里，司机叹了口气，“平时，这辆车不是我开的，不太熟悉这个车况，调不了啊，安主任。”

考虑到司机也很辛苦，安辉不再说什么，只得继续忍耐着。

夜沉沉，雪茫茫，路漫漫。

2月6日3点30分，安辉等人先后赶到了沧州为她们安排的酒店门口。这时，她感到了前所未有的疲惫。

好在，石家庄来的ECMO小组已经先期赶到。这一晚，没有给安辉与杨亚丹安排工作，她们总算得到短暂的休整。

钢铁女将

第二天，天刚蒙蒙亮，安辉和杨亚丹就赶到了沧州市收治新冠肺炎病人的定点医院。

这是一家综合性的三甲医院，无论是ICU病房，还是整体治疗水平，都比普通的传染病医院要高。更令人欣慰的是，沧州的新冠肺炎病人，总体状况趋于稳定，目前没有ECMO上机的指征。

进一步了解到队伍配备后，安辉的心彻底踏实了——省人民医院的赵鹤龄主任也在沧州，赵主任是河北省新冠肺炎医疗救治专家组的成员，重症组的主委，有他在，给人感觉一切尽在掌握之中。因此，在沧州的这几天，安辉的心是平静的。每天做得最多的，除去在病房监测病人的各项生命指标外，就是在会议室跟大家讨论、评估病人的状况。专家组的成员，大多是熟悉的面孔，而且大家有着共同的目标，配合起来也比较默契。

这是安辉在征战新冠肺炎疫情过程中，难得的略显轻松的时刻。

但是，这更像大战前的暂时安宁。

新冠肺炎疫情来势汹汹，对安辉这样的ECMO硬核大将而言，普通人的居家隔离生活，早已成为一种奢求。

2月17日21点30分左右，安辉和杨亚丹再次出发，赶往了海滨城市秦皇岛。

又是一次夜间转战，同样义无反顾地冲向未知。

只不过，现在的安辉，已经不是半个多月前的安辉了。

那时的她，对新冠肺炎还有着莫名的恐惧，对如何评估新冠肺炎病人上ECMO的时机，有着不小的心理压力。她希望自己能做到万无一失，希望自己能把握好每一个细节，关注到病人的每一个状况，以便将更详细、更准确的信息汇报给省专家组，从而达成一致，为病人提供更精准的ECMO支持。过去的那段日子，压力像一座无形的大山，时刻压在安辉的头顶，压在安辉的心中。

如今，一路走过来，她发现自己的承受能力更强了，驾驭能力也提高了，对自己的信心更足了。人有了无穷的底气后，压力似乎就被削弱了。她仿佛眼睁睁地看着心中的那座大山在一天天矮下去、小下去。

过了心理这一关，ECMO硬核女将敢打敢拼的作风彻底展现了出来。

当安辉与杨亚丹赶到秦皇岛时，已经是第二天凌晨1点多。途中，安辉已经得知，秦皇岛的病人正在进行着ECMO的支持，通过监测，发现病人的心脏功能有所恢复，需要她和省市的专家一起，共同评估该病人是否可以从心肺支持改为单独的肺部ECMO支持。

这就需要一个转换的过程。

看似从双重到单一，从复杂到简单，实则不然，如果改为单纯的肺部支持，一旦病人的心脏功能再次出现问题，随时可能出现生命危险。

又一次的生死抉择！

又一次的重大考验！

安辉不得不慎之又慎。

新的工作环境，新的生活环境，这些，对于安辉来讲都已经不值一提了，她需要自己全身心地投入到工作中，走进重症病房，走到病人身旁，去获得最精准的生命数据。

她已经成为与新冠病毒做斗争的钢铁战士。

意外惊心

这是一支精干的、顽强的队伍。

与这样的队伍一起战斗，安辉信心十足。

赶到秦皇岛之后，对病人是否更换支持模式的评估，随即展开。

安辉团队向省里的专家组进行了汇报，省专家组又连线了东南大学附属中大医院的专家，三方共同会诊。

这不是一个经常做的操作。

一个个问题摆在了安辉等人的面前。

病人到底能不能转，有没有转换的指征？

若是转换了，万一病人的心脏再次出现问题，怎么办？

病人是一个新冠病毒感染很重的患者，在转换的过程中，需要重新从另外一根血管置入新的导管，在这个过程中，会不会加重病人的感染？

…………

讨论很是激烈。

每一位成员，每一次发言，都是为了确保病人的安全。

ECMO团队成员将每一个能想到的细节都考虑到了，以为万无一失了，但新的问题随即出现。

按照常用的标准，这次需要选择病人颈部的一根血管做穿刺的入路，然而，通过检测，安辉发现，病人的这根血管内竟然有一个很大的血栓——像一根水草，像一根飘带，突兀地长在血管壁上，随着血液的流动飘啊飘，飘得很诡异，飘得很惊悚！

倘若在实际操作中，这个新鲜的血栓脱落，那么会直接造成病人出现肺栓塞，真到那个时候，再高明的医术，也回天无力了！

安辉的心一下子悬了起来。

病人的支持模式还要不要转换，血管入路究竟如何选择？

前一个问题还未解决，下一个问题又撵了过来。

要冷静，要果断。

别的大型医院里的ECMO团队，有没有过这种先例，人家是怎么做的？

关键时刻，安辉选择了积极谨慎的态度。她和战友们对病人状况进行了精准的评估后，及时向省专家组进行了汇报，最终，省专家组再次连线了东南大学附属中大医院的刘松桥教授，三方进行了严谨的会诊。

病人的状态，符合支持模式转换的条件。

常规的血管入路不可以，那么就在对侧寻找。

确定了方案后，安辉和ECMO团队成员再次进入了重症室——河北省组织的这个突击小组，是与死神搏斗的一支攻坚力量，每个人都具备丰富的经验。安辉与大家早就有过工作上的接触，配合起来很默契。

经过一系列紧张操作，他们很快完成了对病人支持模式的转换。

这是一个很短的过程。

就是为了这个短短的过程，安辉和大家评估了两三天。那是令人难忘的两三天，其中的焦灼和紧张，她记忆犹新。

沟通汇报，制定应急预案，还要在重症室长时间管理ECMO的运行，时刻关注病人的各种状况，不敢有丝毫松懈。哪怕是半夜有问题，也要像战士紧急集合一样迅速爬起来，利索地穿上防护服，冲锋一般赶往病房。

在秦皇岛，安辉每天仅能休息三四个小时，体力上，心理上，都经受了极大的考验，但她挺住了。

生死秒速

2月22日22点多，安辉和杨亚丹再次转移战场，由秦皇岛赶赴唐山。

这时的安辉，已经习惯了东奔西走的生活，根本不用适应，第二天就开始了评估工作。两天后的凌晨，她们与河北省ECMO团队成员合作，为一位病人上了ECOM支持；又过了三天，为另一位病人也做了ECMO支持。

安辉的日子，仿佛就是在生与死的交界处来回跨行。

她以坚定的战斗精神，时刻保持警惕，守护着新冠肺炎病人的生命。

这一天，有病人出现了状况，需要进行ECMO的膜肺更换。

在外行听起来，这只是换一个零部件。然而，安辉却深知其中凶险。

膜肺耗材是一次性的，到了该更换的时候，若不及时处理，氧合器中出现血栓，就等同于病人的肺功能下降，随时会危及性命。而在这个更换的过程中，需要在病人的右腿股静脉、右侧颈静脉上，同时下两根管路，上下管路各需要两个人操作，必须同时将管路夹闭、断开，此外还要有两个人负责操作机器，几个人必须协调一致，以最快的速度完成。

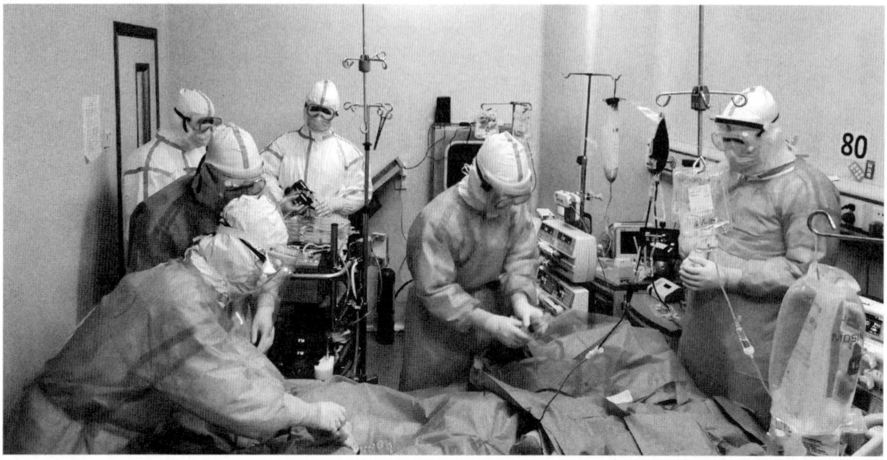

唐山传染病院负压病房里，安辉为ECMO上机患者更换氧合器

一线之间，性命攸关。

断开ECMO辅助支持，患者只能靠自身的心肺功能联合呼吸机、药物进行支撑，哪怕慢上几秒钟，病人的氧合指数就会迅速下降，心脏就有可能停跳！

每一回操作，都是以秒来计算的。

而在此之前的准备工作，却是繁复而紧张的。操作中，谁负责哪一部分，小组成员会有明确分工，提前还要预演。耗材准备，器械准备，病人所有接触物的消毒除菌准备……大家要在病房待很长时间，就是为了这二三十秒。

重症监护室中的每一秒，都是生与死相互厮杀的过程！

“心率109。”

“血压137，67；138，69；143，69……”

“低了再说，不低不用说。”

一把把止血钳，一双双敏捷的手，一道道坚定的目光，一组组惊心动魄的数据。

“我这儿好了！”

“纱布，纱布。”

“好了没？”

“好了，好了。”

“开机！”

“氧气接好了吗？”

“接好了。”

“血压没事吧？”

“没事，没事。”

“多少？”

“149，65。”

…………

悬着的几颗心，陆续落回了肚里。

然而，这只是无数次惊心动魄后的暂时平静——作为ECMO的团队成员，作为重症监护室内的攻坚力量，生命的呼唤不会让安辉她们停顿下来。

又一天晚上，有位女新冠肺炎病人突然出现血尿。安辉得知后，顿感事情不妙。

正常的尿液是黄色或浅黄色，而这位新冠肺炎患者的尿液已呈酱油色。

“肯定是ECMO的氧合器出现了问题，对血液造成了破坏，出现了溶血！”安辉迅速做出判断。

安辉跟团队成员再次行动起来，一切准备就绪后，只用了不到20秒的时间，就完成了氧合器的更换。望着监测仪上病人的血氧合指数恢复正常，安辉这才深深地舒了一口气。

护目镜上，瞬间又蒙上了一层哈气。

翌日清晨，从重症室出来，经过略显漫长的污染区，安辉不经意地朝窗外望了望，忽然发现，远处道路两旁的杨树，不知何时全绿了。

哦，春天来了。

离开保定，离开家，已经两个多月了……

作者简介

尚未，河北文学院签约作家，保定市作家协会副主席，《青少年文学》副主编、编辑部主任。有中短篇小说发表在《解放军文艺》《西南军事文学》《长城》《阳光》等文学期刊，有短篇报告文学发表在《中国报告文学》《河北日报》，著有长篇报告文学五部。曾获解放军文艺2008～2009年度优秀作品奖、首届河北文艺贡献奖。

创作感言

大疫袭来，安辉与她的战友们，选择了直面生死。

也是人之子女，人之父母，人之姊妹弟兄，但他们更是生命守护者。

厚厚的口罩，蒙了水汽的护目镜，略显笨拙的隔离鞋套，闷不透气的医用防护服——这一身身战袍，可以将病毒隔离，但无法隔离他们身上迸发出的夺目光芒，无法隔离他们与病患之间的心心相通，更无法隔离他们那一颗颗仁爱、博大、悲悯的心……

他们用自己的血肉身躯，挡在病患与死神之间，将生的希望，带给了饱受新冠病毒折磨的人们。

他们，是这个时代真的勇士！

王培文：忠孝难全赤子心

◎蔡　楠　王东梅

06-03-0003-017

06-03-0003-018

获奖词

穿上防护服，病房多了个『怪叔叔』

为让患儿不害怕，他把他们当成自己的娃

小零食小玩具，每次查房他都握手里

说童话讲故事，也成了他的拿手戏

一位六岁患儿为他画了一幅画：

一位『口罩叔叔』拉着一个『口罩娃娃』

……

父亲突发心梗与世长辞

他朝着家的方向，鞠了四躬

“爹，我回来了”

王培文终于回到了南皮乡下的老家。

春天到底还是来了。果园里的花儿开了，路边的草儿绿了，田野里返青的麦苗蹿出了老高。王培文无暇欣赏这春天的景色，把车子停在了村头，然后一身黑衣，怀抱鲜花，向麦田里的一片坟地走去，脚步匆匆且沉重。

“爹，我回来了，儿子来看你来了！”

王培文双膝一软，高大健壮的身躯扑在了父亲的坟前，大声痛哭。哭声撕肝裂胆，痛彻心扉。哭声在天空回荡，被春风送到了刚刚解封的村子。村民们走出村子，睁大惊奇的眼睛四处寻找：发生了什么事？谁在哭？为什么哭得这么伤心？谁会在下午来上坟？

当发现是王培文时，所有人的眼圈都红了：是培文，培文回来了，培文终于回来看他爹了，他爹可以闭眼了——

此时，坟前的培文停止了哭泣，开始和父亲说话。

“爹呀，我回来了，我回来了，我回来看你了，你看见我了吗？你看见我了，我知道那燕子看见我，就是你看见我了。我好好的，我已安全回家，什么事儿也没有。

“爹，你怎么就不等等我呢？你一定是怨我了吧？怨我没有回来见你最后一面，送你最后一程。爹呀，我不能，我不能啊。我舍不下你，也没法舍下那些需要我救治的病人啊。爹呀，那些孩子还那么小，那是一个个幼小稚嫩的生命啊。他们的眼神那么清澈，里面满是对我的信赖和期盼。

爹呀，我真的不能离开呀。爹呀，没见你最后一面，儿子心疼啊，抓心抓肝地疼啊。爹呀，你知道吗？

“爹呀，我记着你的话，好好地给病人看病，好好地工作，没给你丢脸。我在隔离病房坚持到了最后的胜利，我把病人都治愈送回了家；我入了党，被评为了‘燕赵楷模·时代新人’，爹，这都是你教导的结果啊……”

王培文恣肆的泪水和动情的诉说，深深地打动着村民们的心。

这是2020年3月20日的下午。那天春分。雨来看电影，云过听雷声，中华大地动地惊天，刚刚经历了一场前所未有的抗击新冠病毒的伟大战疫。

在这场战疫中，王培文没有缺席。作为沧州市人民医院儿科重症监护病房的一名主治医师，作为从医十八年、有着丰富的工作经验的优秀医生，四十二岁的王培文面对突如其来的疫情，第一时间向院领导递交了请战书。

他逆行而上，进场如归！

正月十六的月亮

时刻准备着。这是王培文当时的姿态。作为儿科医生，王培文虽然早早就做好了充分的准备，但是上战场的日子并没有他想象得那么快。虽然当时国内的疫情发展很迅猛，但是儿童感染率相对较低，全国报道的儿童确诊病例还不到十例。在沧州地区，还没有发现儿童确诊病例。所以，王培文依然正常上下班，接受医院培训。在家的日子也和小区里其他居民一样，蜗居，自我隔离。

或许是有预感吧，2月9日，王培文去超市买菜，无意间瞥见了货架上的电推子，他竟然鬼使神差就买了一把回家。妻子张荣笑话他：买这玩意儿干啥？王培文一本正经地说："说不定我哪会儿就'进去了'，这一进去就不知道要多少日子，临走之前，不得理个发？"妻子明白，王培文说的"进去了"是什么意思。夫妻俩心照不宣地回避着那个敏感的词。

街上的理发店都关门了，看来，这个理发师非妻子莫属了。于是当天晚上，从没有理过发的妻子就拿起了电推子，为王培文理发。

电源打开，电推子在妻子手里抖起来，碰着头发就刺刺拉拉地乱响。妻子心慌，手抖。王培文的头发不情愿地在妻子的手下纷纷落到了地上，他的头也被啃得参差错落，深浅不一。看着镜子里自己滑稽的样子，王培文忍不住哈哈大笑。

王培文的手机就是在这时候响起来的。在王培文听来，手机铃声是急促和强势的。他的心"咯噔"响了一下——进场的时刻到了！电话果然是院领导打来的，领导说："速回医院，医院刚刚收治一名疑似新冠肺炎儿童病例。"王培文大声回答："我马上赶到。"

剩下的一半头发，妻子是在王培文的鼓励下红着眼圈理完的。王培文连镜子也没顾得上照，只是拍拍妻子的手，说了两个字"放心"，就风风火火地出了门。

走到楼下，推起自行车，王培文才想起来，今天是2月9号，农历正月十六。已经是21点多了，沧州地区的民间正月十六晚上有"遛百病"的习俗。每年这个日子，大街小巷人满为患。可今年因为疫情严控，小区里一个人影也看不见。王培文想抬头看看天上的月亮，却被门口执勤的工作人员拦住了，问："这么晚干吗去？"王培文赶紧老实回答："回医院。我是大夫，医院里发现了疑似病人，我得赶紧赶过去。"听说王培文要去救治新冠肺炎的病人，刚刚还一副公事公办模样的执勤人员立时对他肃然起敬。看到王培文只骑了一辆自行车，一个当班的交警主动提出要开警车护送他。王培文赶忙婉拒，一面道谢，一面说离得不远，只有十几分钟的路程，说着赶忙跳上了自行车。

大街上静悄悄的，没有一个行人，也少有车辆。路灯凄迷，光线微弱，幸好还有正月十六的月亮，一如既往地洒播着清辉。在王培文的记忆里，还没有哪一年正月十六的月亮这样温柔，这样温暖，这样善解人意，她一直引领着王培文，引领着他的自行车飞奔在寂寞的街道上。他向着沧州医专的隔离病房飞奔，觉得像一个敌占区的地下工作者，正悲壮地朝着敌人的心脏奔去。敌人呢？那个突如其来的病毒，正张开血盆大口，等待着吞噬奔向它的勇士！就是这感觉，没错的，悲壮的感觉！他的心里很不平静，甚至还有些忐忑。

医专病区是一个单独的群楼，远离其他住院区。市里为了应对疫情，专门把原有的医专病区改造成了隔离感染病房。在医院工作这么多年，每天在病区里来来回回，没有过什么特别的感受。而今晚，掩映在夜色中的医专病区，格外的神秘。

大楼近了，近在眼前了，王培文心头的那份忐忑愈加强烈，他感受到了自己急促的呼吸和不规则的心跳。战场就在眼前，敌人就在对面。可战场可见，敌人却不可见，甚至敌人是隐藏在亲人身上的。这比正面与敌人刀枪相见更加困难，更加危险。

王培文已经走进了医专病区，医生值班室里，院领导和其他科室的护士大夫已经等在那里了。王培文所在的医院是沧州市唯一一家新冠肺炎定点救治医院。隔离病区里，只有他一名儿科医生。

穿上防护服，戴好护目镜，戴上防护手套，走进隔离病房的时候，他不再忐忑不再害怕了。铠甲已披上，刀枪已备好，就是一个战士了。一个战士已经在战场，在敌人的心脏，就应该有战斗的姿态！

就这样，王培文见到了他在疫情期间的第一个病人。

这个春天有点儿冷

躺在王培文眼前的是一个刚上小学三年级的小女孩儿。不谙世事的孩子对于外界的信息了解毕竟有限，所以对自己的病情没有太多担忧，情绪还算稳定。倒是孩子妈妈紧张得不行，一个劲儿追着王培文问这问那。王培文一边向孩子妈妈耐心地解释，一面了解孩子的情况。原来孩子的爸爸是个美团骑手，穿梭在城市里，风雨无阻，经百家千户，危险性比较大，从年前就已经被隔离了。孩子已经发烧四五天了，肺CT显示肺上有拓片影，怀疑是高度疑似。

王培文耐心地问询、翻看病历、查看CT造影，一直忙活到凌晨3点钟。通过认真的分析比对研究，王培文确定，不管是不是新冠肺炎，孩子的病情都没有想象的那么严重。

一颗悬着的心终于放下了一些，但是王培文仍然不敢掉以轻心。

隔离病房里只有他一个儿科大夫，王培文不放心把孩子交给别的同事，就一直独自守在病房里。从前一天22点进病房，到第二天15点离开，孩子的病情终于稳定了下来，王培文却也经历了一场前所未有的考验：人生第一次体会到了活人让尿憋死的感觉。虽然穿着纸尿裤，可还是十几个小时不敢吃不敢喝，尽管这样，仍然要有正常的生理代谢。这是对个人意志强有力的考验！还有，因为害怕气溶胶传播，隔离病房不允许开空调，病人所在的房间还能开个电暖气，医生护士就只能干扛。只靠三层的防护服，如何抵御得住严寒的天气？这时候需要的是意志，坚强的意志。

好在所有的付出都是值得的。三天后，病人疑似排除，被转回当地医院治疗。虽然有惊无险，但是经历了这一次“实战演习”，王培文对疫情的了解又加深了一层，所以，病人出院后，王培文并没有回家，而是把随身的物品都整理好，直接在医院等候随时被召唤。

令王培文没想到的是，召唤的号角很快就吹响了。2月13日，疑似患者出院；2月14日早上，王培文就接到了通知——去河间市接一位已经确诊的患者。

出发的时候，天上飘起了雪花，阴冷阴冷的。

去外县接病人的事王培文没少经历过，沧州地区大大小小的县市他几乎都跑遍了，可是，穿着三层防护服，戴着护目镜、面屏去接病人却是第一次。刚上车不大一会儿，他的护目镜就模糊了。

车刚下高速，就看到了早已等候在路边的交警。警车开道，救护车直接开进了河间市医院。

被确诊的病例是河间农村一个两岁半的小女孩儿。因为本家亲戚是武汉返乡人员，家庭聚会时多人被感染。当时，孩子的爷爷、奶奶、大伯、爸爸，都已经被确认感染。因为没有直接参加聚会，孩子妈妈和孩子是后

确诊患儿治愈出院，王培文与同事挥手送别患儿父亲

来被家人间接传染的。

患儿的年龄比较小，家人又多人被感染，患儿的母亲情绪非常不好，一直在问：孩子病情不会加重吧？会上呼吸机吗？一路上，王培文只能不停地劝说开导，稳定母女俩的情绪。

从护目镜的余光望去，车窗外的雪花变大了。雪花被风裹挟着，敲打着救护车的车窗，飒飒作响，急切地打在了一车人的心上。这是过年后的第几场雪了呢？王培文在心里默默地叨念：今年春天的雪真勤哪！

带“超人”叔叔回家

第一例儿童确诊病例入住医专病区，对于王培文来说，真正的战“疫”终于来了。

儿科医生被称为“哑科医生”。因为就诊的孩子普遍年龄偏小，无法自我口述病情，往往需要父母转述，或者需要大夫认真观察孩子的状况才能做出分析。因此，想要做好儿科医生，必须要走进孩子的内心。王培文有18年的从医经历，有多年的工作经验，自信有足够的信心应对复杂的病情。然而，隔离病房里频出的“突发状况”，还是时不时就让他“一筹莫展”。

新冠肺炎本身就是一种新的病毒，是从来没有过的。因此，治疗需要一个摸索的过程。儿童治疗跟成人治疗也有很大的区别：表现为儿童本身免疫系统及解剖生理、病理变化跟成人都是不一样的，而且发病率很低，所以说没有前车之鉴，只能摸着石头过河。除此之外，患儿由于年龄比较小，不能像成人那样配合治疗。

从河间接回来的患儿只有两岁半，是沧州市确诊病例中年龄最小的。低龄患儿，突然离开熟悉的环境，很没有安全感，有些“认生”，加上疾病的折磨，只能通过哭闹来表达。这给医护人员的工作带来了很大的困扰与挑战。

患儿血管特别细，皮下脂肪比成人厚，平时采血或插液的时候，护士们上手一摸就能找到孩子的桡动脉，和孩子聊着天，在孩子没什么感觉的情况下就能扎上了，但是现在情况不一样了。

在隔离病房，医护人员要与患者面对面接触，存在较大感染风险。为了尽可能做好防护，医护人员都要穿上防护服，穿上鞋套，外面套上雨鞋，戴上三层手套、护目镜、面罩。一套流程做下来，足足需要三十分钟。患儿来到陌生环境，看到眼前穿着像“太空人”一样的“怪叔叔”“怪阿姨”，心理已经很是害怕，再做治疗，孩子就说什么也不肯配合了。

孩子哭闹的时候可以哄一哄，可是采血的时候，孩子不配合，就给护士们增加了很大的难度。护目镜戴上一会儿就满是水滴，模糊一片，什么也看不清，再戴上三层橡胶手套去找孩子的动脉血管，就一点儿手感都没有了，完全就是凭着感觉。有时候明明扎上了，孩子一动，采血不够，只能再来。孩子又是一顿哭闹，平时手到擒来的工作，在儿科病房，往往一项检查做下来，护士、大夫就是通身的汗。

其他科室的同事看了，说道：做儿科大夫真是不容易。

六岁的A是2月18日确诊的一名患儿，她和母亲一起住进了隔离病房。进病房伊始，孩子的双手不停地揉搓衣角，眼睛哭得又红又肿，并怯生生地打量着四周。肺CT显示，孩子的肺部感染面积较大，并伴有咳嗽，需要马上进行吸氧、心电监护、指脉氧监测，可是孩子就是不让戴吸氧装置，不停地往下拽心电监测的电极贴，导致无法评估孩子的身体状况，进行下一步治疗。儿科出身的王培文常年和孩子接触，职业习惯让他保持着一颗童心，隔离病房里的他总会想出各种办法和孩子互动，努力让孩子忘记病房里的紧张气氛。通过与患儿母亲的沟通了解，得知A喜欢画画，王培文就让同事找来纸和笔，还有一些玩具和零食。

“宝宝喜欢画画是不是？叔叔陪你画。我们一起来做个小游戏，来，咱把这个小东西贴到身上，你就可以看到心脏的跳动……”不一会儿，王培文和A“混”成了朋友，A也放下了戒备心，变得开朗起来，并愿意接受检查。

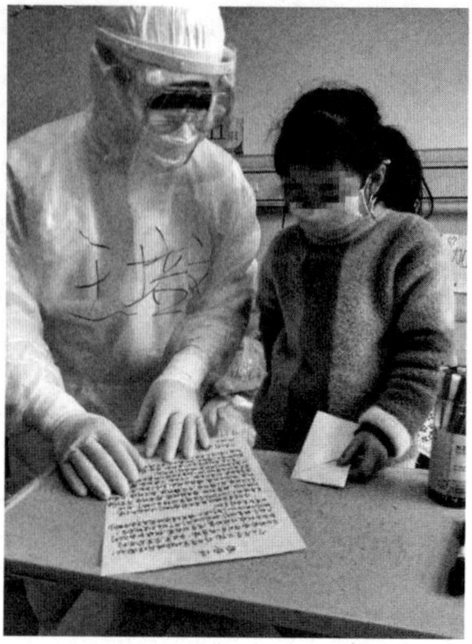

王培文与六岁的确诊患儿共同朗读文章，亲切交流，俩人“混”成了好朋友

查房的时候，王培文都会跟孩子交谈，临走的时候，会跟孩子说：“放心，叔叔会帮你打败病毒怪兽的。”孩子被逗笑了，也学着王培文的样子举起小拳头说：“加油！”

孩子送给了王培文一幅简笔画，画中是一位“口罩叔叔”和“口罩娃娃”，医生叔叔戴着听诊器，拿着针管，正准备给娃娃患者治疗。画上还附有文字：叔叔阿姨辛苦了。王培文说，当他拿着这幅画时，心里倍感温暖，“我们只是做了分内的事情而已，没想到会收到这样一份礼物”。

每次查房，王培文手里都会带着小礼物、小零食或是小玩具。他耐心地和孩子交流，给孩子讲童话故事，不时摸摸头、拉拉小手，用肢体语言安抚他们。每次他这样做，孩子的情绪就会慢慢平复下来。“把患儿当成自己的孩子，就能做好。”王培文和孩子亲，孩子也和王培文亲。

“叔叔，叔叔……”

“你今天吃药乖吗？”

“我很乖。叔叔，今天给我带礼物了吗？”

“叔叔忘了，下次给你补上，好吗？”

孩子正要噘嘴离开，可突然看到眼前的糖果，笑着跑到了王培文的身边……

隔离病区主任李绚梅介绍，王培文医生虽然长得身高体壮，但是很细心。尽管接触时间不长，但是隔离病区两个幼儿患者的兴趣爱好和生活习惯，他都了如指掌。有时检查，孩子们会要点儿小脾气，但只要王医生出现，一切都笑着收场。甚至查完房，孩子们还舍不得让王叔叔离开，伸出小手想让他抱一抱。“王医生对待患者，如同自己的孩子一样。除去病房的交集，回宿舍后，他也会抽时间用手机与孩子沟通交流，及时掌握病情变化。”

眼看着孩子们的情况一天比一天好，王培文终于可以舒一口气了。

2月24日7点，王培文像往常一样换好防护服，准备去病房查房。手机突然响了，传来了一个晴天霹雳：七十岁的老父亲，突发心梗去世。

“什么？！”王培文整个人都傻了，他怎么也想不到身体一向硬朗的父亲，怎么就突然离开了？挂断电话，这个高大的汉子不禁失声痛哭起来。

进入隔离病房前，王培文和父母通过一次电话。二老非常支持他，父亲还安慰他。没想到的是，这竟然成了父子二人最后一次通话。

王培文是家里的独子，考虑到这个情况，院领导告知他已经找好了换班的同事，让他撤离隔离病房，回家料理老人的后事。

王培文拒绝了。他说：“在这个节骨眼儿上，如果换岗，新进来的医护人员又得重新熟悉各个流程，重新与患儿建立感情。不仅浪费时间，影响治疗进程，还有感染的风险。我在病房里工作一段时间了，有些经验了。再说，我体力强，能坚持。”

王培文朝着家的方向，鞠了四躬，就此送别了父亲。他在心里默默许诺，等疫情结束了，再去坟上与父亲“说话”。

第二天早上，隔离病房的同事们托人送来一张老人的照片，摆上仅有的几个苹果，自发地给老人做了一个简单的告别仪式。

隔离病房的护士长刘艳回忆道：“王医生眼圈红肿，可能一夜没睡，看到后却含着泪安慰着我们：‘谢谢大家，我没事，放心，大家快去工作吧！’然后强忍眼中的泪水，转身走进了隔离病房。”

王培文自己知道，他只有让自己忙起来，忙到一刻都不得闲，才能暂时忘记对父亲的愧疚。

2月25日下午，父亲“安静”地在老家南皮县下葬。一切仪式从简。

而在同一时刻，经过王培文和医护人员的精心治疗，A和她的母亲康复出院了。孩子舍不得王培文，抱着他不松手，哭着喊着要把“超人”王叔叔带回家，说只有“超人”叔叔回家，她才安心。

王培文带着给孩子准备的“礼物”，亲自护送孩子和她的母亲离开了隔离病区。分手前，王培文说：“叔叔现在还有任务，等疫情结束了，天不下雪了，叔叔一定会带着礼物去看你。”

一面鲜红的党旗

王培文人生中第一次近距离接触医生，是在读高中的时候。

那天晚上，同宿舍的舍友生病，高烧不退。王培文从学校医务室给他拿了些药，可吃了不仅不奏效，舍友还出了满身的红疹子。没办法，王培文只得连夜陪他去南皮县医院就医。

这次就医经历给王培文留下了深刻的印象。眼前这个女大夫，亲切、温暖、平易近人，对于两个穷学生没有嫌恶和不耐烦，很快就诊断完毕，安排好了输液。这个女大夫，让培文想到了家里的妈妈和学校里的女老师。

王培文从小生长在农村。在农村人的眼里，医生是治病救人、积德行善的好人。所以，高考填报志愿的时候，他毫不犹豫地选择了河北医科大学。毕业以后，他走进了南皮县医院的大门。

这次的疫情，让他对自己的职业有了新的认识。

隔离团队里的成员来自医院各个科室，有熟悉的，也有不熟悉的，大家以身作则，待人热情，处处为别人着想。王培文慢慢发现，除了他本人，第一批进场的医护人员都是党员。

没发生疫情之前，没进隔离病房之前，王培文埋头业务，对于共产党员先锋模范作用体现在哪里，没有太深的体会。通过这次疫情，通过在隔离病房的耳濡目染，王培文的灵魂和精神在这次抗疫斗争中受到了强烈的震撼。

隔离病房医务室里有整整一面墙那么大的一面鲜红的党旗。王培文每天在党旗下谈病情，写病历，接触党员医生，看到党员医生们事事冲在前面，脏活儿累活儿、风险较高的事情抢着去做。王培文的崇敬之情油然而生，觉得能做一名党员真是了不起。

王培文有想法了。工作之余，他将头转过来，对着那面鲜红的党旗，就沉浸到里面去了。不管是如火如荼的战争年代、考验生死的抢险救灾，还是在突然降临的危难前面，那些第一时间冲在前面的，都是共产党员！我们这个时代，永远离不开党的力量！

于是，在鲜红的党旗下，王培文趴在医务室的办公桌上，开始写自己人生中的第一份入党申请书。

亲爱的党组织，我志愿加入中国共产党……

写着写着，王培文想到了生前也是党员的老父亲，想起了在和父亲的最后通话中父亲对他的叮嘱：“儿啊，不管在什么时候，都要对得起人民，对得起国家对你的培养啊！”

泪水模糊了王培文的双眸，继而一颗一颗地滚落下来，打湿了他的入党申请书。

归乡或者出发

A要出院了，孩子特意让妈妈写了一封感谢信：“在这里，我感受到了叔叔、阿姨对我的爱，我用心地记下了你们每个白衣天使的名字，并为你们每人画了一幅画。世界就是这样美好，谢谢你们。”

3月1日，河北沧州最后三名新冠肺炎确诊患者治愈出院，全市确诊病例“清零”。

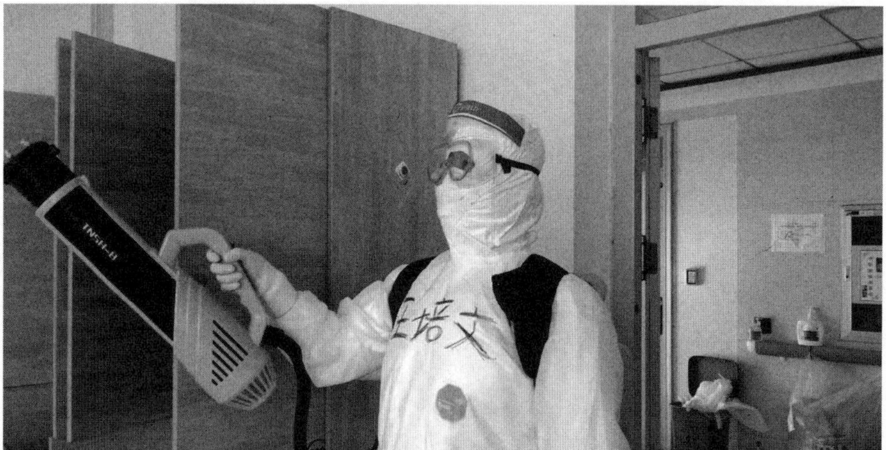

沧州市确诊病例“清零”后，王培文对病房、器具进行病毒消杀

然而王培文和他的同事们并没有随病人撤出，因为他们还肩负着整理病患资料，对所有物品、病房、器具进行最后的消杀工作。3月5日，沧州市人民医院新冠肺炎感染隔离病房的十六名医护人员，才终于得以卸下重任，集体奔赴沧州市阿尔卡迪亚大酒店，接受十四天的医学隔离。

抗疫取得了阶段性胜利，王培文多日以来第一次感到全身轻松。他想飞，像鸟儿一样振翅高飞，他感觉这样的生活才是最美好的。去酒店的路上，大家都难掩兴奋，高兴地唱了起来：

我喜欢一回家
就有暖洋洋的灯光在等待
我喜欢一起床
就看到大家微笑的脸庞
我喜欢一出门
就为了家人和自己的理想打拼
我喜欢一家人
心朝着同一个方向眺望
…………

歌声嘹亮，歌声飞扬，歌声唱出了此刻每个人的心声。

突然之间没有了紧张的工作，没有了令人忧心的病患和隔离的日子，按同志们的话说，我们从“敌占区”来到了“解放区”，看到了“解放区”明朗的天。按理说应该高兴才对，但王培文的心情却一天比一天沉重起来。以前王培文的睡眠质量很好，一觉就能睡到大天亮。可是最近，每当夜深人静的时候，他就辗转难眠。王培文躺在床上想了很多，他想到了一双年幼的儿女，想到了日夜操劳的妻子，想到了故乡的母亲和刚刚过世的老父亲。离别的日子，像电影镜头一样，一幕一幕出现在他的眼前。

王培文想起了那年考上南皮一中，只为了给自己多省出点儿生活费，七十多里的路，父亲骑着自行车送他去上学，车子上还驮着他的行李和几十斤麦子。一路上，父亲高兴得像个孩子，给他说了许多励志的话。曾经有一段时间，培文眼馋其他同学辍学经商，改变了家境。父亲第一次骂了他："咱家里是穷，再穷也不能让你做个没文化的孩子！"

如今，隔了二十几年的光阴，回望过去，王培文仿佛第一次深深懂得了父亲，懂得了一个农民的高瞻远瞩。

收到河北医科大学录取通知书那天，培文很高兴，父亲更高兴。晚上，在自家的小院儿里，父子彻夜长谈。父亲相当自豪。自豪于他帮儿子做出了正确选择。那一晚，父亲眼神里的光芒，他将永远记得。

王培文还想到了妻子张荣。人生的每个节点，都是妻子在为他默默付出。在南皮县医院工作了一段时间，为了理想和抱负，为了追求更加广阔的天空，妻子鼓励他去省二院、北京儿童医院进修。

父亲去世后，培文不能回乡。张荣，这个外表瘦弱内心却异常坚强的女人在手机视频里对他说："你安心救人，家里的事，你什么都不用管，我会把一切都处理好的！有我在，不会委屈了父亲！"儿子不在，儿媳硬是顶了上去。按照老家的习俗，老人去世了，下葬的时候，儿子打幡儿，儿媳抱罐。但是儿子不在，张荣一个人打幡儿抱罐，把老人送到了坟上，入土为安。

培文想到了母亲。父亲去世后，母亲给他打电话说："自古忠孝难两全，你在医院好好干吧，我们都能理解你。"在培文的印象当中，母亲是个腼腆安静的人，从没见她和父亲在孩子们面前吵过架拌过嘴。在人前说话都脸红的母亲，在大义面前给了儿子最有力的支持。

王培文还想到了隔离病房里的同事们。危难关头，他们不顾个人安危，冲锋在前。病人们生活不能自理，屎尿都是由他们来处理，没有谁嫌过脏嫌过累。

王培文还想到了医务室墙上，那面鲜红的党旗……

有了这次抗疫的经历，王培文发现自己的生活态度改变了。他更加热爱生活的每一天，更愿意去感受日常生活中那些细微的美好。因为他知道这些美好是用太多的付出换来的。

以前他关注的是病，现在他更多关注的是人，关注孩子的病因、生活环境，关注孩子内心的变化。

病人和医生应该是战友，共同配合打败病魔。王培文坚信，在以后的工作中，他会带着感情去工作，会让医生与病人之间的距离拉得更近！

王培文觉得这次疫情的经历，对于他个人来说，是一次重塑。

十四天的医学隔离结束了。简短的表彰仪式结束后，医院群工部的同志告诉了他一个喜讯，他的入党申请批下来了，他已经是一名中国共产党预备党员了！王培文眼含热泪，捧着鲜花，大步流星地往家赶去。他想要尽快赶回家去，紧紧地抱住妻子和儿女，和他们分享心中的喜悦！

回到家里，一家人抱在一起，相拥而泣……

他上街，在一家刚开的理发馆理了发。进医专病区之前张荣给他理过的头发，如今已经蓬乱不堪了。理完发，他急急地驱车奔回了南皮老家，把那束鲜花献到了老父亲的坟前。此时，距离父亲去世，已经整整二十六天了。

双膝一软，王培文跪在了父亲的坟前。

他觉得自己有很多很多话要对父亲说，他要把这些天的经历一一讲给父亲听……

上坟回来，王培文在村子里住了几天。这个小村子是他从小生活的地方，自从考上大学，离开家，他还从来没有回家住过这么久。这一次，他想留下来好好陪陪母亲，陪陪父亲，也好好看看这个村子。

他从村子里的每一条街道上走过。每一条街道都曾经留下过他的身影。他和每一个见到的人打招呼，这些人是他的父老乡亲，他和他们血脉相连。

村口通往县城的大路依然笔直。当年，父亲就是沿着这条路，骑着自行车驮他去南皮一中报到。后来，他也是沿着这条路走到了省城，考上了省城的医科大学。再后来，他还是沿着这条路走进了南皮县医院，走进了沧州市医院。这条路上留下了他深深浅浅、大大小小、成串成串的脚印。这条路连接他的小家和父母的家，这条路连接着他生活的地方和生他的地方，这条路连接着他的过去和将来。

以前这条路中央站着的是父亲，父亲焊接起了所有的连接。而今，父亲不在了，王培文发现自己已经站在了父亲原来站过的地方。

他沿着村口的大路一直向前走，身后多了一双眼睛，像当年一次次目送他离开的父亲的眼睛。他不用回头去张望，也知道那双眼睛来自他的村庄。

作者简介

蔡楠，中国作家协会会员，河北省作家协会理事，鲁迅文学院高研班学员，河北文学院签约作家。先后在《人民文学》《中国作家》《小说选刊》等刊发表作品，著有《行走在岸上的鱼》等作品集二十部，多次获奖。

王东梅，河北省作家协会会员、小小说艺委会副主任，2016年度全国小小说十大新锐作家。在《芒种》《小小说选刊》等多家刊物发表作品，著有小说集《山坡上有块地》，多次获奖。

创作感言

捐躯赴国难，视死忽如归。自古以来，在国家和民族发生大灾大难的严峻时刻，英雄总会涌现。他们大义在先，将生死置之度外，用血肉之躯和奉献精神铸就了一曲曲英雄的壮歌。在这场突如其来的大疫面前，我们的白衣战士自然不会缺席。他们义无反顾，视死如归，冲进了这个特殊的战场。作为个体，他们又是寂寞而孤独地战斗着。他们有难以言说的苦痛，也有割舍不下的亲情，更有一种逼近生命本质和超越生命终点的大情怀。作为写作者，我们深深地被王培文的事迹感动着，于是在这个春天，我们也逆行而上，采访了他。实际上，是王培文的大情怀和我们一起进行了创作。

童莉：天女下凡战『疫』来

◎ 李湛冰

06-03-0003-019

06-03-0003-020

获奖词

爱心、细心、耐心、真心、责任心
她用五颗心，把患者变亲人
患者有焦虑，久治不愈
她看在眼里急在心里
牵一条线，让心理专家与患者通视频
她走到哪里，哪里就充满欢声笑语
她最后一批返程
将亲情护理坚持到病区关闭

2020年4月5日，一个阳光明媚的春日，中共河北省委宣传部、河北省卫生健康委员会在河北广播电视台发布“燕赵楷模·时代新人”，十二名抗疫英雄受到表彰，童莉的名字赫然在列。

童莉，河北省第七批援鄂医疗队护理组主任，衡水市人民医院护理部主任，衡水市护理学会理事长，是河北省派出的十二批援鄂医疗队一千一百名医务工作者中唯一一名三级综合医院的护理部主任。

主持人的话语饱含深情：“利用自己的专业优势与管理特长，衡水市人民医院护理部主任童莉为武汉的新冠肺炎患者们带去了精心的护理与暖心的服务，展现了在国家和人民最需要的时刻，作为一名医务工作者和共产党员担当的宽肩膀与成事的真本领。”

发布会举行当天，童莉依然带领着团队在武汉雷神山医院坚守，奋战在一线……

“我很想看看恩人们真实的美丽面孔”

武汉病了，正躺在早春的怀抱里疗养。她的儿女们，许多也病了。

珞珈山下，东湖之滨。武汉大学中南医院一间隔离病房内。

一位老人躺在病床上长吁短叹，像受伤的灰鹤，似离群的孤雁。

老人脸色黯淡，神情憔悴，眼神布满哀伤，皱纹深锁愁容，令人心生怜意。

穿着厚厚防护服脚步飞快的护士送上来的饭菜，她很少动筷子；摆在桌上拧开的水杯，她也不愿拿起来。

老人身体素质很好，治疗效果也挺不错，就是情绪非常低落，整天躺在床上不活动，总是一个人默默叹气，这两天，甚至开始拒绝配合治疗。

早上查房时，童莉注意到了她。

“阿姨，不能不吃饭啊！快，趁热把饭吃了，再喝点儿热水。保重身体最重要！”她拉过一把凳子坐下来，拿起饭盒，动作轻柔地夹起一口菜，送到老人嘴边。

沉默良久，老人的嘴巴始终没有张开。

“老人家，您是不是想家了啊？家里都有什么人啊？”童莉只好把饭盒又放回桌上，微笑着看着老人的眼睛。

这时候，老人突然一把紧紧抓住她的手，像个孩子似的失声痛哭了起来。

“呜呜呜，呜呜呜……”

童莉赶忙也拉住了老人的手，在床边坐了下来，暖言暖语地安慰着。她知道，老人这是想家了，想念自己的亲人了。

这位七十八岁的老人，因新冠肺炎确诊已经住院二十多天了。

经过耐心地与老人沟通，童莉了解到，老人已经没有老伴儿了。因为平时和孩子在一起居住，她没有手机，也不用手机，住院期间又与家人失去了联系。

老人的情况，童莉看在眼里，急在心里。

“您放心，我一定想办法帮您联系上家人。”临别时，童莉不停地安慰老人。

老人是从别处转到中南医院来的，而且，转了不止一家医院。费了很多周折，始终找不到可靠的信息。后来，在中南医院医务处护理部许多老师们的帮助下，最终找到了她女儿的电话。

老人与女儿终于通上话了，电话线两端，母女泪水泛滥，号啕大哭声震响病区。

听着母女俩久违的倾诉、幸福的痛哭，童莉欣慰地笑了。

老人的女儿接受笔者采访时说：“我妈妈在中南医院住院的时候，我焦急地等待我妈妈的消息，天天以泪洗面，不知道妈妈能不能救活。这二十多天，我觉得就像等了二十年一样。3月23日晚上，接到童莉主任打来的电话，她告诉我说我妈妈康复了。我简直不敢相信自己的耳朵，真恨不得飞到童姐身边，拥抱她一下。转眼他们就要离开了，真是很舍不得！现在我已经把他们当成自己的亲人了。希望明年春天樱花绽放的时候，他们来武汉做客。我们所有的亲人，都在期待着那一天能幸福地到来。我很想看看恩人们真实的美丽面孔……”

在武汉，还有众多的患者和数不清的家庭得到了童莉和她的团队精心的照顾与热情的帮助……

主动请缨上前线

2020年2月17日，是童莉决定远赴湖北武汉支援抗疫的日子。她永远都不会忘记！

她在当天的日记中写道：“今天，是人生长河中普普通通的一天，但对于我来说，是最具人生意义的一天……”

从河北出发前，组织上决定委任她担任河北省第七批援鄂医疗队护理组主任这一重要职务，管理来自全省近四十家医院的一百二十名男女护士。

阻击新冠病毒猖狂的进攻，是一场艰苦卓绝的战争。

援鄂医疗队护理组主任，如一副沉甸甸的担子，压在了她柔弱却也异常坚强的肩上。

发动全院护理人员积极请战

是荣誉，也是信任；是压力，也是动力。

更是神圣的职责和光荣的使命所在。

童莉是要强的人，工作狂魔，干什么都力争一流。援鄂之前，在衡水市人民医院护理部主任岗位上，她像忙碌的蜜蜂一干就是八年。她干出了彩，酿出了蜜，多次受到各级领导和有关部门表彰，曾荣获全国杰出护理工作者、全国优秀护理部主任、全国医院护理管理先进个人、河北省三八红旗手、河北省精准扶贫贡献奖、河北省脱贫攻坚先进个人等多项荣誉和称号。她负责的医院护理部被授予全国五一巾帼标兵岗，她的家庭荣获全国五好文明家庭光荣称号……

选择她担任援鄂护理组主任，显然是看中了她闪闪发光的履历。很明显，这是一块让组织放心、让人民信得过的金子。

无须采访也能猜出，去武汉前线，参加一线抗疫阻击战，不是组织指派，一定是她自己争取来的。她是“消防员”，是“特种兵”，哪里有急难险重的工作，哪里就能看到她的身影。她人生的字典里好像从来没有“害怕”二字，也不知“畏惧”这词是何意。前两年扶贫，她天天住村里，说不觉得农村苦；2003年抗击“非典”，她被抽调任命为发热病房护士长，到疫情解除，连续工作三十四天。

收到单位院办室发来让她选派护士支援武汉通知的那天晚上，童莉失眠了。

躺在床上，辗转反侧，想想自己四十六岁，年龄也不小了，再说单位的防疫任务也很重，自己的岗位很重要。女儿眼看要升高中了，要不别去了吧？又一想，护理部现在各项工作运转秩序井然，让姐妹们管一段时间，自己离开一阵子，也未尝不可；援鄂的那么多护士来自全省不同的医院，他们都是一个什么情况？大家素不相识，临时组织在一起，管理起来一定会非常有难度。

她去，是想帮着管理好这些护士们。她有二十七年护理工作经历，十七年护理管理经验，对自己的管理能力还是非常自信的。

她向医院领导主动请缨，要求奔赴前线。医院领导深知她的性格，批准了她的请求。

深明大义的公公说："去吧孩子，一定要做好防护！"

和爱人一说，不善言谈的老公眼圈一下子红了，虽然没说一句话，但分明能感受得出，他心里一定很不是滋味。

她没有让婆婆和自己的母亲知道，因为她们都是快八十岁的人了。重症肌无力的婆婆多年来一直都是童莉带着跑全国看病。老人说，要没有童莉，可能早就没命了……

懂事的弟弟说："姐，既然你想去，那就去吧。家里有我呢，有什么事我勤往家跑着点儿。"

童莉小时候，父亲在外地当兵。母亲是公社妇联主任，特别善于做群众工作，经常去别人家调解婆媳关系，有人家闹了矛盾就找上门来请母亲评理。

当她还是一个八个月大的孩子时，被寄养在一个远房亲戚家中，直到八岁。童莉唤这个亲戚奶母。

奶母手特别巧，特别爱帮助别人，村里没有不说她好的。

小童莉调皮、爱闹。奶母就让自己的孩子们让着她，有什么好吃的让她先吃，有什么好玩儿的让她先玩儿。

耳濡目染，近朱者赤。

她走路很快，像一阵疾风；语速很快，似一场骤雨。精气神总是那么饱满，昂扬的工作状态始终在线。

童莉娇小的身躯里激情如火，她儿时的这段经历，或许就是火种吧？

“恨不能一天接管过来”

载着河北省第七批援鄂医疗队一百五十名“天兵天将”的专机，像一个张开巨大翅膀奋力飞翔的天使，即将降落在武汉天河机场。

从河北出发时，大家都是信心满满的。人人都相信，武汉是能让他们大展神威的地方，迎接他们的，将会是一个个打赢的漂亮仗。

不临其境，不知其险。说来容易做来难。

舱门打开那一刻，童莉的心境发生陡变，觉得大脑瞬间一片空白。她真正感受到了什么是害怕，感觉心里特别没底，感觉自己一下子傻了。

到达住所时，已经将近22点了。

队长扬扬手，大声地说：“大家明天都好好休整一天。调整好心态，调整好身体，准备迎接咱们的接管任务。”

但童莉没有休整。她顾不上，没心情，也来不及。一堆的事儿塞满她的脑子，挂满她的心头。

一百二十名护士来自全省近四十家医院，专业不同、能力不同、年资不同、性别不同、体型不同，这里面有没有做过管理工作的护士长？有多少名？有多少名女护士，多少名男护士？都来自哪些科室？他们的身高体重都怎样？南方地区的防护服，型号大小适不适合这些北方的护士？如果大小不合适，就需要临时调集。如何做好顺利交接？如何进行分组排班？大家彼此都不熟悉，各自医院的工作模式不统一，交接医院的工作流程不熟悉……

她带领这些护士是来打仗的，如何做到“零感染，打胜仗”，顺顺利利完成抗疫任务，平平安安把他们带回去，作为河北省第七批援鄂医疗队护理组主任，这些都需要她操心、考虑、安排、协调、想办法。她想起离开衡水赶赴石家庄集合时，衡水市副市长崔海霞为他们送行时叮嘱她的话：“童莉你年龄最大，这九个人就交给你了。你一定要一个不少地把人都带回来！”她现在管理的不只是衡水的这九名护士，而是来自河北第七批援鄂医疗队的一百二十名护士。

此时此刻，市领导的叮咛再次在耳畔回响，沉甸甸的责任像巨石一样压在心头。

利用战役正式打响之前这一天的休整时间，童莉进行了一番摸底调查，排兵布阵，在把信息整理之后，她把它们升级成了云信息。

知己知彼，百战不殆。此时此刻，童莉担任过护理部主任的工作经验发挥了非常关键的作用。

武汉大学中南医院，是童莉他们准备接管的医院。院长王行环，是吴阶平院士带的最后一个博士生。全院医护人员和前几批派去的外省援鄂医疗队，已经在那里连续奋战四十多天了。后来，受上级指派，王行环院长带着许多医护人员去接管雷神山医院和武汉市第七人民医院了，所以，留守在中南医院的，没有多少医护人员。

中南医院的战友们，特别疲惫，仿佛连说话的力气都没有了。天天住宾馆，天天都焦虑。四十多天不能回家，他们已经临近崩溃的边缘。见救兵来了，就仿佛长时间行走在沙漠里口渴的人突然得到一箱矿泉水，那个高兴啊！他们说，战友们你们终于来了……

一位年轻的护士，新近做了妈妈。因为疫情暴发，不得不给孩子断奶，不得不告别孩子。她哭着说：“我的孩子才六个月大，都是自己父母带着，这么长时间都没敢回家，怕传染给他们……”

童莉轻轻抹去眼角的泪花："我真想一天就把病区全熟悉了，我真恨不得一天就把它们全部接管过来，把所有医护人员全部替换下来……"

长在医院里

来自全国的八支医疗队，像八支荷枪实弹的部队，同时进驻中南医院。河北省医疗队是第一个独立接管过来的，这跟童莉凡事积极主动的性格有很大关系。

中南医院护理部主任孙慧敏回忆道："童莉主任非常干练，管理经验非常丰富。她做事特别积极，特别主动，快速主动地来找我们对接，急于想替换下我们，让我们休整。她能够快速地适应新的环境，根据病房现有情况和条件很快地构建出应该怎样去管理。他们是第一批接受培训，第一批进驻隔离病房的，在跟我们对接的整个过程中表现特别突出。"

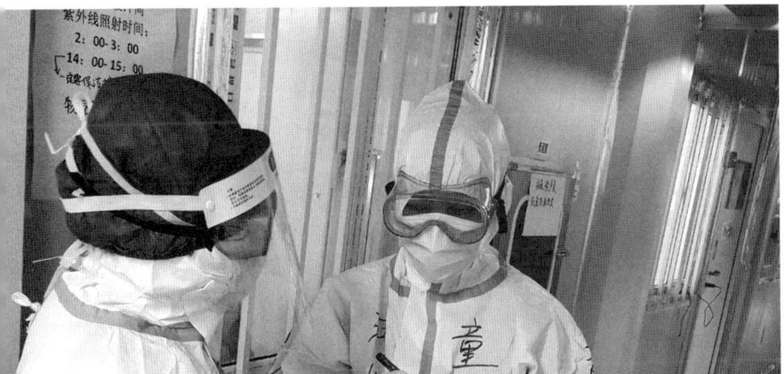

童莉（右）督导隔离病区护理人员对病人病情和护理的落实

中南医院护理部副主任黄桂玲带领童莉熟悉医院环境。她们一起去检查三级质控，需要穿隔离衣进去，接触病人。童莉一点儿都不犹豫，完全不顾个人安危，黄桂玲发现，这位童主任很有经验。新冠肺炎是一个新的病种，没有现成的治疗和护理方式。可她一进去，就能指导别人工作，也能发现新的问题。检查过程中，碰到一些患者比较焦虑，她也能很有耐心地同患者沟通和交流，一点儿都没有嫌弃患者、害怕患者的意思。

“这个女同志真的挺让人感动！”黄桂玲主任赞叹道。

把中南医院顺利接管过来后，童莉长在了医院里，有宾馆基本上也不回去，全身心投入战斗。

病房探班，病房工作交接，了解工作环境、工作地形、工作流程、工作班次、工作时间、车次安排，等等，都需要做大量工作。分组班次定好后，要通知到各个组员，具体开展工作后还要跟进班次，让各组小组长把每天的工作注意事项和流程中不顺利的地方，比如说隔离病房里边外边都要注意什么问题，隔离病房里每一个班次需要注意的点都标出来。比如说订餐，要具体到每一个人，医护人员吃多少？病人吃多少？保洁人员吃多少？

大号防护服不够用，都得分列出来；防护服不合适的，只能让他们干一些里面不用穿防护服的工作。四十岁以上的尽量避开上夜班。因为体力活儿需要男护士，晚上回宾馆的路上也需要保障安全，所以尽量每个班次都分一名男护士。

童莉把每一个细节都要安排到位，工作量特别大。

在武汉的日子，每天0点之前，童莉都没有睡过觉，有时候还要工作到第二天凌晨两三点。

不管晚上几点睡，第二天早上6点必须起床。

她用完了七根签字笔芯，深思熟虑后下派任务，然后跟踪落实，件件事都考虑得非常周到……

中南医院的相关人员，谁负责培训？谁负责院感？谁负责物资供应……童莉把他们的电话都要来，全都添加了微信。

作为定点医院，中南医院收治的病人年龄相对偏大，住院时间相对较长。大部分病人合并有一些基础病，像糖尿病、高血压、心脑血管疾病等。许多病人护理级别为半自理甚至完全不能自理。由于新冠肺炎的传染性强，住院病人是不允许家属陪伴的。像帮病人上床、下床、翻身、吃饭、喝水、吃药，陪同病人上卫生间等原本由病人家属负责照料的烦琐事宜，也全都落在了护士肩头。

穿着厚重的防护服，戴着密封的N95口罩，护士们呼吸是受限制的，有人进病房一个小时不到就赶紧跑了出来，头晕、恶心、想吐。

护士自身的防护压力，也压得大家透不过气。

护士不能生病，这是铁的纪律。

谁也不能生病，一生病战斗力就没了。

小姑娘爱美，有时会把厚厚的羽绒服脱掉。有几个护士出现了感冒症状，大家特别紧张。

每个人每天都要报告自己的体温，有没有咳嗽，身体是否乏力，有无腹泻等，这是工作队的硬要求。只要有症状，就必须报告。上班就在医院，不上班只能在自己房间，不允许串屋。

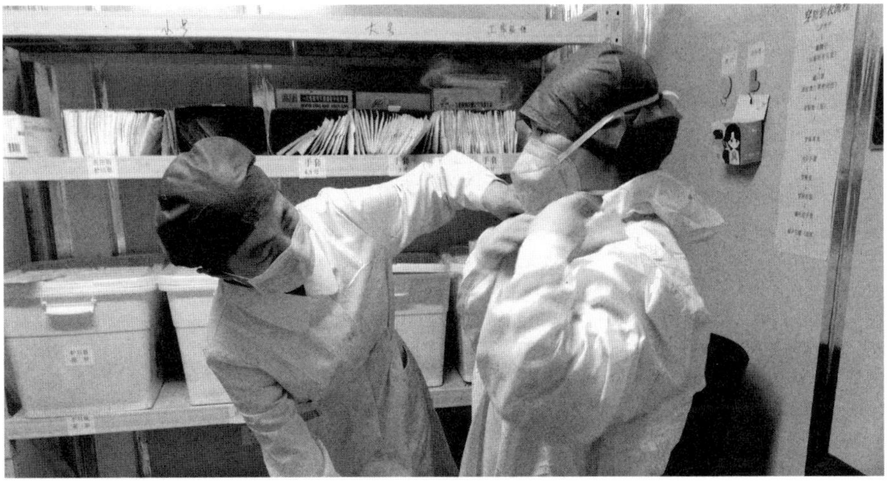

童莉（左）指导监督医护人员规范穿戴防护用品

一个人若感染，医疗队一百五十个人就得全封在宾馆。

有个护士一进病房把手碰了块皮，大家的心立刻全都揪了起来，为什么？这叫职业暴露。在污染的环境里，在病毒浓度很大的环境里，手破了皮出血是很容易被感染的。这名护士特别焦虑，眼泪扑簌簌往下掉。童莉赶忙跑过来，牵起她的手，亲自陪她去做检查。

检查结果出来了，没事。

她严肃地给大家做定向指导，要求人人都要过关达标："咱们的防护一定要规范，比如说给病人采咽拭子的时候，一定要佩戴面屏，手不要接触。勤做好手的卫生，勤消毒。该换手套时一定要及时更换。"

翻看花名册时，她发现自己年龄最长。进入病区前，为了方便沟通交流，医护人员都在胸前背后写上自己的名字。"敢于斗争，敢于胜利，是中国共产党人的政治品格。"她让同事在自己的防护服上写上"共产党员，河北童姐"几个大字。这，不仅是一份责任，更是一份担当。

红 袖 带

3月里的一天，一位老人在护理站与远在广东的亲人通话。因为害怕老人体力不支，"90后"值班男护士姜威搬来椅子让老人坐下，为了安全又用脚紧紧抵住转椅轮子，手紧扶着椅子靠背。这个姿势维持了十几分钟，直到通话结束。

一个小小善举，点燃了爱和希望的火苗。

新冠肺炎是一种陌生的疾病，患者住院后非常焦虑，加上方言的制约，医疗队队员和患者沟通起来颇有障碍。护士谷志英很快想出了一个办法，采取漫画与语言相结合的方法，构思生动漫画与书写励志话语，制作成系列"爱心卡"送给患者，再结合漫画进行说明。这个方法受到患者们的热烈欢迎，不但医护人员的话能够被很好地理解了，他们紧张的情绪也在一定程度上得到了舒缓。

人性化护理，亲情化关怀，是童莉领衔的护理队工作的一抹亮色。在衡水人民医院如是，在中南医院如是，在雷神山医院亦如是。

不仅治病，还要疗心。

从事及领导护理工作，她特别注重营造一种亲情化和人性化的浓郁氛围。中南医院护理部主任孙慧敏说道：“她是一个比较有想法的人，在病房里开展一系列优质护理服务活动，给患者实施富有创新精神的个性化照顾，非常温馨暖人。”童莉认为这样的帮助有时会比药物治疗更有效果。她总结说：“在治病救人的过程中，药物、手术刀、微笑是医护人员的三大法宝。药物和手术刀解决不了的问题，微笑和人性化关怀能让病人树立起战胜疾病的勇气和信心。”

转战雷神山医院之初，童莉敏锐地发现这里收治的患者情绪普遍低落、心理问题突出，需要护理人员给予更多关爱与心理指导。

童莉详细分析道：“身体的不适、长时间的隔离、反复的转院以及对这种前所未有的病毒的恐惧，加上没有家属陪伴，有的甚至是家中多人感染、被隔离，两三岁的孩子由社区照顾……都极易加重他们的心理负担。”

童莉果断将护理工作重点转移到对患者的心理及情绪疏导上，要求每一名责任护士每班次必须保证与患者进行不少于10分钟的交流，还详细列出了与患者沟通中护士必须传达的信息：病人较关心的检查情况、目前血压如何、下一步治疗计划、哪些指标在逐渐好转……“不仅要清晰准确地告知，还要做到通俗易懂、平易近人，对患者的问题或需求及时回应、解决。”

因为这个暖心举措，河北省医疗队的护理人员得到了患者的高度赞誉。虽然表扬信都是用废纸写的，但饱含真诚，令人感动。

严格按照传染病救治要求快速建起的雷神山医院，分内走廊和外走廊。外走廊内装有窗户，病人可以在此驻足，观看外面的天空、景色以及在医护人员规定时间内进行一些活动。

为进一步纾解患者心理，给他们更多温暖、鼓励与信心，童莉利用这片区域建起了文化墙。文化墙上有温暖人心的图画和鼓励性话语、保健知识、八段锦、呼吸操等图解。

不仅患者有文化墙，童莉也为医护人员建立了属于他们的文化墙。

“我们将医生、护士以及他们孩子、家属等画的画、写的字统统打印出来，贴在墙上，做成祈福、祝愿墙，以此提醒、鼓励医护人员做好防护、安心工作、全力以赴、早日凯旋！我要让队员们知道，家里人在等着、盼着他们归来，千万不能生病倒下。”

早晨6点多，天刚蒙蒙亮，星星还在天边眨眼睛，太阳还沉睡在梦乡，新一天的战斗又打响了。

开往中南医院的402路公交车上，一群白衣天使士气无比高昂地唱起了歌：

我最亲爱的祖国
我永远紧依着你的心窝
你用你那母亲的脉搏
和我诉说
…………

这是英雄的祖国
是我生长的地方

在这片古老的土地上
到处都有青春的力量
…………

嘹亮的歌声在略显空旷的车厢中回荡、碰撞，在寂寥的武汉街头漫步、徘徊。

在去公交站的路上，在公交车上，童莉经常组织护理组的兄弟姐妹们唱歌，借此凝聚人心、提振士气。

医疗队给每一名成员下拨的物资，像日常提供能量的巧克力和牛肉干，三八节时给女同志分发的慰问品——饼干、奶粉、橘子，童莉自己从来都不吃，全都分给了被临时抽调支援武汉市第七人民医院的20名护理。

来武汉支援的队员，有人因为走得比较急，带的东西不齐全。有人给她打电话说没有鞋穿。她说，我给你解决，把她的拖鞋、布鞋都给了人家。

为了联系方便，她还自费为医疗队队员们定制了精美的通讯录。

…………

武汉大学中南医院隔离病区，有一名戴“红袖带”的医护人员正在忙碌地工作着。她是河北省第七批援鄂医疗队护理组王岩，担任中南医院隔离病区第五小组护士长。

胳膊上佩戴“红袖带”，代表着她是病区护士长。病区护士长统揽病区全局，负责病区班次安排、人员分工、督导护理工作落实、医护患沟通、对外协调联络和感控消毒等工作。由于医疗队成员来自不同的医院，穿着防护服时大家几乎谁也认不出谁，给工作带来不少麻烦。“红袖带”方便了医生、护士和病人辨认出护士长。

“红袖带”的创意和发明人童莉说：“护士长经验丰富，职责重要。

应该做一个标志让人们好辨认。我有了这个想法后，就地取材，找了个红塑料袋给护士长戴上后，效果特别好。后来中南医院的同人又帮我们找来了红布条。我觉得红色在咱们老百姓心中是个喜庆色，寓意着平安顺利，同时更代表着一份责任。”

童莉对援鄂医疗队一百二十名护理人员信息进行梳理并责任分组

红袖带的做法被迅速推广到各个病区。

在完成了对中南医院十八天的支援任务后，受上级委派，河北省第七批援鄂医疗队又转战至雷神山医院，在那里继续工作了十六天。

红袖带与护理组一路紧紧相随，共同奋战。

在抗击新冠肺炎的最前线，一根根红袖带，是吉祥物，是主心骨，彰显着责任、勇气，像一面旗帜引领着护理团队，凝聚起了抗疫的力量。

3月8日国际妇女节到来之际，武汉大学中南医院四号楼十四楼西区病区的女医护人员和十七位女患者都收到了一份弥足珍贵的礼物——“女神节”花束，不仅有康乃馨，还有许多美丽的做工精巧的手工绢花，大家无不喜出望外。

“童主任你太神了，这花是从哪里找来的……”

其实，这都是她费尽周折自己花钱买来的。

为什么要买花？因为今天是姐妹们和战友们的节日。童莉相信，鲜花能带给人更大的鼓舞，为了增进医患感情，为了让大家感受到团队的温暖与关爱，为了把大家更好地凝聚起来，为了早日打赢这场艰苦卓绝的抗疫战争……

最后一批归来

4月，暖阳高照。鸟语花香，百花绽放。

像北飞的雁阵一样，童莉和她的护理队从武汉归来了。他们是河北省援鄂医疗队中最后一批撤离武汉的。

离鄂前，他们坚守奋战在武汉雷神山医院，站好了自己的最后一班岗，用勇敢的行动忠实践行了自己作为一名医者和共产党员的崇高使命和神圣职责。

雷神山医院冯毕龙主任和武汉大学中南医院黄桂玲主任牢牢记住了童莉，记住了这位曾经和自己并肩作战的战友。

一提起童莉，冯毕龙主任掩饰不住内心的喜欢："童莉给大家留下了很好的印象，她很热情，有头脑，思路灵活，很善于做团结工作，浑身散发着正能量，特别能影响和带动周围的人。"

"我觉得，她是我们这个时代护理行业中一个非常好的典范！"这是黄桂玲主任对童莉，对这位令她印象深刻的战友的真挚赞扬。

4月31日，衡水市第四批援鄂医疗队返回，在正定机场合影留念

2020，一个值得铭记的特殊之年。

扛鼎逆行援武汉，专业仁爱佑生命。

我仿佛看见，童莉和她率领的护理队，步履匆忙，眼神坚定。

紧紧系在她们胳膊上的红袖带，跟随她们的步伐一起起伏跳跃，有节奏地摆动，在耀眼的阳光照射下，那么醒目，那么鲜亮，那么娇艳，那么温暖人心……

作者简介

李湛冰，中国作家协会会员，中国报告文学学会会员，中国散文学会会员，河北文学院签约作家。现供职于河北省衡水市文联。

创作感言

采访和写作此稿过程中，泪水每每因感动而滑落。

医护人员，主动请缨，冲锋在前。在这场举世关注的全球重大公共卫生事件中，他们是天使，是战士，是英雄，是最勇敢的人，是新时代最可爱的人，是最值得赞颂与讴歌的人。

援鄂医护人员，护士占比七成。童莉，是河北省派出的十二批援鄂医疗队一千一百多名医务工作者中唯一三级综合医院的护理部主任，是这一英模群体中当之无愧的杰出代表！由她创意和发明的用红布条与红塑料袋做成的一根根红袖带，彰显着责任，彰显着勇气，感动了患者，温暖了患者，是吉祥物，是主心骨，像一面旗帜引领着护理团队，凝聚起了抗疫的河北力量。

一根根红袖带闪耀在武汉前线，也必将闪耀在共和国抗疫史的画卷中，闪耀在人民的记忆深处……

付素珍：『铁娘子』冷面柔情

◎高玉昆

获奖词

『让我先来』
顾不得多病的婆婆、临近高考的女儿
她冲上邢台抗击疫情最前线
每天平均工作十四个小时
时刻关注病患的每一个细微变化
不仅要把重症患者从死亡线上拉回
也在避免轻症患者向重症发展
……
『铁娘子』一直冲锋在前

06-03-0003-021

06-03-0003-022

庚子新春　疫魔突袭

己亥岁末，庚子新春。

从东北龙江黑土到西南云贵边陲，从骏马奔腾、一望无垠的辽阔草原到波涛翻滚、鸥鹭翔空的东海之滨，从首都北京到南海三亚，黄河上下，大江南北，美丽、祥和、富饶的祖国，处处张灯结彩，霓虹闪烁，车水马龙，欢声笑语。人们都在以华夏五千年承传下来的传统习俗，迎接着崭新的2020年春节。

然而，就在这亥猪旧岁与子鼠新春的年终岁尾交替之际，一场毫无征兆、难以预料的新型冠状病毒感染的肺炎疫情正向江汉平原、荆楚大地悄然袭来。

时针指向2020年1月20日，农历己亥腊月二十六。

新华社北京电——

> 近期，湖北省武汉市等多个地区发生新型冠状病毒感染的肺炎疫情。截至1月20日18时，境内累计报告新型冠状病毒感染的肺炎病例224例，其中确诊病例217例（武汉市198例，北京市5例，广东省14例）；疑似病例7例（四川省2例，云南省1例，上海市2例，广西壮族自治区1例，山东省1例）。

这一电文正如雷霆闪电，霹雳突爆。

疫魔来了！神州大地，为之惊愕，为之惶恐。

消息蔓延和扩散，瞬间在各大网站和媒体平台传播开来，大家奔走相告。本来充满着浓浓温情的年味儿，一下子被这邪恶的疫魔无情地吞噬和淹没，变得寡淡。

瞬时，整座城市的空气里好像弥漫着一种看不见、摸不到的瘴气，人们连出气都觉得不顺畅，感到窒息，感到恐惧。

1月23日凌晨2点，武汉市新型冠状病毒感染的肺炎疫情防控指挥部发布通告，宣布自2020年1月23日10点起，全市城市公交、地铁、轮渡、长途客运暂停运营；无特殊原因，市民不得离开武汉，机场、火车站离汉通道暂时关闭。

武汉宣布“封城”！

这是新中国历史上十分罕见的举动，因为与病毒较量，必须对一个千万人口级别的大城市采取最严厉的防疫措施！

自1月23日至1月25日18点30分，三天内，全国三十个省、市、自治区启动重大突发公共卫生事件一级响应，涵盖总人口超过十三亿。

从武汉“封城”，到全国各地启动一级响应，全中国正在迎来一场历史上罕见的与病毒搏击的鏖战。

临危请战　舍我其谁

2020年1月26日，根据河北省政府决定和《邢台市突发公共卫生事件应急预案》，邢台市全面启动突发公共卫生事件一级应急响应。

随即，邢台市委决定，机关公务人员自正月初三结束休假，全部正式上班。

疫魔来袭，舍我其谁？白衣战士，冲锋陷阵。

危难之际，作为邢台市唯一一所三级甲等医院——邢台市人民医院第一时间响应党中央和省委号召，在市委、市政府的坚强领导下，全体医护人员以维护人民群众生命安全和身体健康为最高使命，发扬越是艰险越向前的大无畏精神，临危不惧，义无反顾地冲在疫情防控第一线。该院先后分两批选派四名医疗队员驰援武汉，成立成人、儿童两个发热门诊，设置六个病区的感染性疾病科，转运全市确诊、疑似病例，在全省医疗机构中最早开展核酸检测，成立新冠肺炎重症救治小组支援定点医院，协同医联体单位共同应对疫情……

2020年1月26日24时，邢台首例确诊病例出现了！疫情防控阻击战拉响了警报，同时也进入了实战！

战“疫”防控，要紧紧依靠人民群众。

战“疫”冲锋，哪能离得开白衣英雄？

邢台市人民医院组建的抗疫医护群体团队积极投身到疫情防控第一线，坚守岗位、日夜奋战，以实际行动守护人民群众平安健康，诠释白衣战士“不忘初心、牢记使命”的医者情怀和“健康所系、性命相托”的医者担当。

一个个险重任务落在他们肩上，一场场生死较量每时每刻都要面对。

在这个群体中，冲锋在最前线的重症患者医疗队最为引人注目，因为他们的任务最艰巨，工作最危险，可他们毫不畏惧，逆行向前。

英雄的团队，绝对有一个勇敢而英明的核心带头人。提及队长付素珍，同事们都会竖起大拇指。平日里的她对待工作，认真严谨、兢兢业业、任劳任怨；对待患者，谦虚大度、乐于助人、无私奉献；对待自己，恪尽职守、精益求精、锐意进取。

付素珍，河北医科大学急诊专业硕士，主任医师，邢台市人民医院重症医学科副主任。

作为一名医者、一名共产党员，付素珍早在邢台首例新冠肺炎病例出现前就做好了迎战的心理准备。她在第一时间写下请战书，按下手印，递交院党委请战。

疫魔猖獗似洪水肆虐，疫情防控如筑堤建坝。

付素珍始终把应战抗疫和救治患者当作自己的天职与使命。只要党和人民需要，二话不说，一个字“上”！她时刻准备着被组织选中，在危难之际前往全国抗疫最需要人手的前线——湖北武汉。在网络和电视上看到三军医护人员和全国各地的医护同人们紧急逆袭，奔赴前线时，她豪情满怀，怦然心跳。她多么希望自己也能同这英雄的团队和战友们一起投入这场生死救援啊，那将是一位医者平生向往、日日崇尚的无上使命和荣光！

可当下，付素珍心如明镜，自己首先要做好的就是本职工作。她日夜不停地忙碌于ICU病房之间，精心医护每一位患者。她每次查完房，都会走到办公室的窗边，向南方的天空望上一眼，她期冀和渴望着上级的那一声召唤。

2020年1月26日（农历正月初二）下午，同事呼吸科大夫阮昕、护士孙金龙、检验科技术员李珍燕作为邢台市第一批援鄂医疗队员被紧急派往武汉。付素珍为三位同事送行时，心里略感失落——因为没有她。

此后，邢台市连续派出两批医疗队员紧急援鄂，名单里还是没有她。

一批批援鄂队员启程了，里面仍没有自己的名字，付素珍心生遗憾。

除了失落和遗憾，她还多出一份担心，为一线的战友捏一把汗，因为疫情一线的确有许多难以预料的风险，被病毒感染的危险时刻存在。但作为医者，治病救人永远都是天职，人民的生命健康永远都是第一位！这是付素珍作为医生的职业理想，也是参加工作以来永恒不变的信念。

“即使再危险，我也要去前线救人！”付素珍暗下决心，时时在心中默念。

“武汉如果去不成，即使在邢台，我也要冲上阵地最前沿！”付素珍决心已下，恒心不改。

付素珍不断调整自己的心态，在坚守本职工作的同时，每天仍在暗暗攒着劲儿做着奔赴前线的准备。由她管理的科室工作，她加班加点做好，力求完美。她每天加班比往常多了一个到两个小时，时常到深夜11点左右才回家。只要有一点儿空闲，她就钻进图书室查阅各种资料，咨询走访呼吸疾病专家，从各种渠道了解、整理新冠肺炎治疗方面的信息，认真研究新冠肺炎的发病特征和已有的治疗方案，全面做好上阵前的战斗准备。

她一直坚持这样一个信念：一旦接受紧急任务，立即奔跑赴命，不能因为手头的工作耽误一分一秒的行程！

付素珍在跟家人提前沟通时，曾对爱人说：“我可能随时上抗疫一线。”爱人李巍不假思索、没有半刻停顿地说：“放心，没事，我能顶住！”付素珍的婆婆是位退休教师，听说儿媳想去一线，非常赞赏地说：“你是咱家的骄傲！支持你！”孩子虽有些不舍，但她已经长大，只说了一句话：“妈妈，你一定要保护好自己！”这种关心和体贴，给她温暖，给她力量。

有了家庭的支持，更加鼓舞了付素珍奔赴一线的勇气。

2020年1月30日，根据全市新冠肺炎疫情防控指挥部要求，邢台市人民医院着手组建重症患者治疗团队。付素珍得知消息后，顾不上考虑面临高考的孩子；顾不上患有严重哮喘，不能做饭，干稍重的活儿就会喘不上气的婆婆；顾不上在疫情期间值守一线的公务员爱人，再次第一时间向院党委递交了请战书。在请战书中，付素珍这样写道：“我没有被选中去武汉，正想着如何才能最大程度地发挥自己的特长，贡献自己的一份力量。这次医院组建重症患者治疗团队，我坚决要求参加！保证完成任务！”

请战，她是如此诚恳急切。

请战，她是如此誓言铿锵。

坚毅逆行　精心救治

2020年1月31日，正月初七。

13点15分，付素珍正在病房忙着整理病例和质量控制总结时，突然接到院党委办的电话，命她在一刻钟内做好所有准备，马上赶往邢台市新冠肺炎治疗定点医院——邢台市第二医院。

经过短暂的准备，付素珍和重症医学科主任马骏、护士张国兵三人一起集合出发。从此，她便投入全市新冠肺炎重症病例紧张的医疗救治工作之中。

这个团队，由她担任队长。队员累计十九人，从前期进驻第二医院到后期隔离，他们整整坚守了四十天。

这里虽不同于千里之外的武汉，但面对的疫情和患者却是一样的。

这里虽不是全国疫情的最前线，但这里是这座有着780万人口的城市疫情防控的最前线！

这里的新冠肺炎病例先后累计二十三例，其中重症病例两例。疫情虽没有武汉严重，但对患者都是一视同仁，他们的生命和健康永远被放在第一位！

河北省疫情防控领导小组和医疗专家组经过认真研究，决定针对重症病例，采取一例一策、一例一团队的精准救助和诊治措施。

重症病例A，女，六十八岁，因为女婿从武汉回来过年，外孙、外孙女等家中四人都被传染。A因出现咳嗽、咳痰、发热症状，经核酸检测和影像学分析，确诊后于1月29日19点住院。

48小时内肺部病变影像增加50%，血氧饱和度（静息状态）≤93%

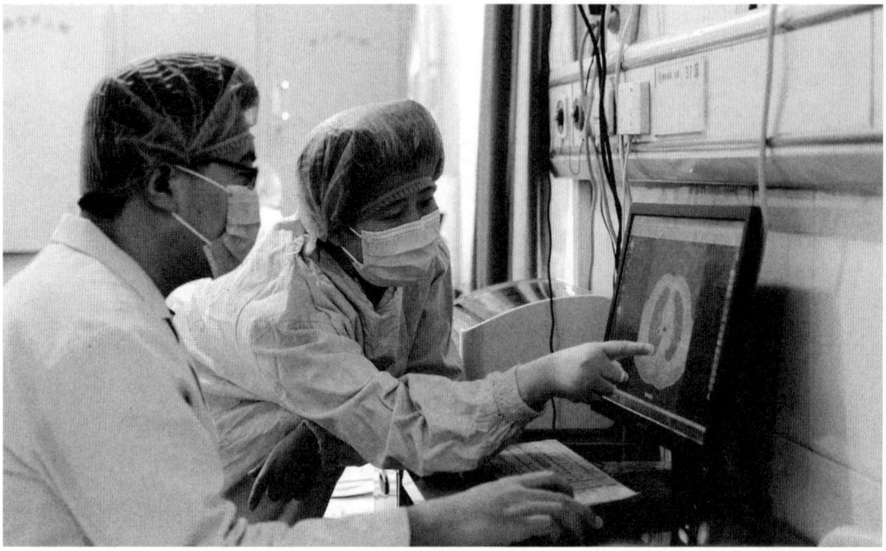

付素珍（右）和同事在认真查看患者的CT影像

或氧合指数小于300，呼吸频率大于30次，只要出现以上三种情况其中之一，就可以被定为重症患者。病例A住院后，出现了以上两种情况，经报市专家组确认后，由普通病例转为重症病例管理。

邢台市人民医院紧急调度的呼吸机、高流量通气机、血气分析治疗仪、血液净化机、输液泵、注射泵、气管插管、可视喉镜等急救设备全部到位，在市第二医院组建了一个新的重症病房。

付素珍结合A的病例档案和当前情况，迅速制定治疗方案，积极开展治疗。

1月31日23点30分，A的病情急速加重，经报告省专家组会商，确定为危重症病例。面对A的病情恶化，队友们焦急万分。付素珍要求大家沉着应对，时刻观察患者每项指标的细微变化以及患者对治疗的反应，实时评估患者病情是否达到治疗的目标，随时根据病情调整治疗方案。

2月2日上午，昏迷的A醒来了，但仍处于焦虑不安、恐惧谵妄的精神状态。除了药物治疗，付素珍走到她的床边，不停地说着安慰和打气的话，既让患者宽心，又让她鼓足战胜病毒的决心和信心。

A来自农村，性格内向，刚入院时心理极度焦虑，对治疗不是十分配合。付素珍作为队长，格外理解和关照她，经常跟她拉家常，还给她专门配了一部手机，播放她喜爱看的小品、相声等文艺节目，使她的紧张情绪得到很大的缓解。

人老更爱小。A的外孙女经过治疗，很快出院了。当付素珍把这个好消息告诉A时，她竟然高兴不起来，因为她还担心自己的外孙子，急切地追问着外孙子的病情。付素珍告诉她没事，她仍然不相信，执拗地认为外孙女治好了出院了，外孙子没出院，肯定是没治好，甚至是不在了，出事了！为了解除A的忧虑，付素珍就让队员拿着手机在她外孙子的病房里跟她视频聊天。看到外孙子安然无恙时，她才长舒一口气，算过了这个坎儿。

付素珍还同A的家人们建了一个微信群，随时与她的儿女们交流，以便他们更加及时准确地了解母亲的病情，帮儿女们传递对母亲的关心和关爱。

付素珍和队友靠着自己的高尚医德和温情关爱，一步步把A感化，使A积极配合治疗。除此之外，他们在患者病情允许的情况下，鼓励、协助患者由床上锻炼肢体功能，床下坐轮椅，过渡到床边站立、行走，逐渐增加活动频率、增加锻炼时间，逐步走上康复之路。

别的普通病例基本都在入院后一两周时间，核酸检测由阳性转阴性，症状基本消失。而A却一直持续二十四天，核酸检测才由阳性转阴性。终于到了出院的那一天，付素珍和队友关炳星亲自护送A出院，并在A家乡的隔离医院陪护她五天。在陪护期间，为这位病例专门依照糖尿病、冠心病患者的营养标准配餐，没有任何降低和变化。

A深受感动。临别前，她对付素珍等人说：“感谢你们给了我第二次生命！我就差给你们跪下磕一个响头了……”

另一个病例B也是女性，2020年2月1日由普通病例转为重症病例。她的氧合功能、心肌、肝脏、肾脏功能等受到严重损害。B有文化，懂事理，很配合医生的治疗。她看到医护人员每天围着自己转，打针输液，输氧配药，疲劳不堪，心里很过意不去，每次入睡前，总是对值班医生说：“我睡了，你们也睡会儿吧！”

付素珍为了患者将来出院后能够高质量地生活，积极鼓励她坚持早下地活动，带头为她做辅助肢体运动。

在付素珍和队友的精心诊治下，B经过19天治疗，顺利出院。

冲锋在前　不辱使命

2020年2月2日，重症医疗队在新的工作岗位上成立了临时党支部，付素珍担任支部书记。“不辱使命，不胜不归！”“首战用我，用我必胜！”他们面对党旗庄严宣誓。在严峻的挑战下、特殊的环境中，在邢台市抗击疫情的最前线，党员们切实发挥了模范带头作用，让党旗在防控疫情斗争第一线高高飘扬，给予了这场疫情阻击战更多底气，更多信心。

付素珍在工作中时刻践行誓言，带领临时党支部六名党员发挥党员的先锋模范带头作用，临危不惧，迎难而上。“让我先来！”成为她面对危险、繁重工作时，说得最多的一句话。付素珍平均每天工作时间将近十四个小时，遇到紧急情况，一天只能休息几个小时，她的一举一动生动诠释了党员干部冲锋在前的使命担当。

由于新冠肺炎的超强传染性，做好自身防护至关重要，付素珍严格要求队员遵守防护流程。保护好医务人员是战胜疫情的首要保证，每个人入仓的防护措施，付素珍都必须亲自把关，不敢有半点儿马虎；具体诊疗过程中的消防措施一步一步细致到位，不容遗漏。在市二院战斗的26天中，全队人员实现零感染。

作为重症医学科的专家，挽救生命，就像闯关，特别是对新冠肺炎患者的治疗，更是一场艰辛、惊险的挑战，每一步都是高难度。最初的几天，付素珍全天待在重症患者病房里，熟悉每个病人的发病特点、发展规律、严重程度、致命点，并时刻关注患者病情的细微变化。付素珍发现，新冠肺炎的发病特点是病人表现不明显，发病后出现呼吸衰竭晚。她知道这种无症状低氧血症需要早发现、早干预，否则病人会迅速进入多脏器衰竭期，甚至猝死。针对这种情况，付素珍在实施综合抢救措施的同时，针对不同的患者制定出个体化治疗方案，并实时评估患者对治疗的反应，适时调整治疗方案，做到科学、精准施治。

除了重症患者，付素珍还时刻关注轻症新冠肺炎患者，从中筛选存有趋向重症隐患的患者，检查治疗手段是否能跟上，及时做到早筛查、早发现，切实避免患者从轻症肺炎发展成重症肺炎。付素珍深知“病毒无情，人间有爱”，她要求团队每个医护人员都要注重与确诊重症患者沟通，不断鼓励他们坚定对抗病魔的勇气和信心，积极配合治疗。医患之间建立了良好的互动关系，共同点亮了生命之光。

截至2020年2月25日，付素珍先后参与了十九名患者的治疗，组织了三十八次省级专家会诊、四十余次市级专家会诊。作为重症医学科专家，付素珍负责

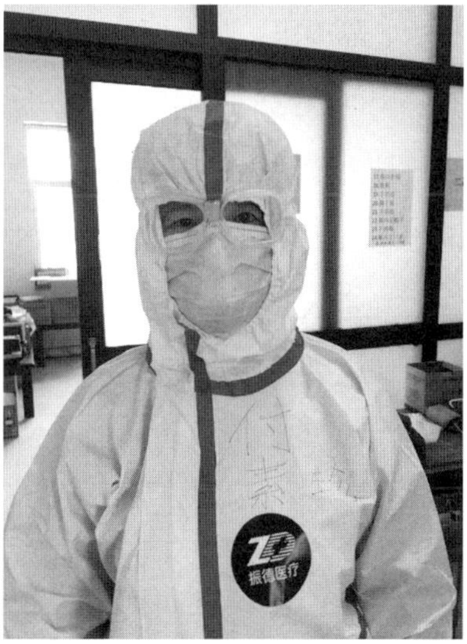

严格执行防护操作，保护好自己，保护好队伍，是保持抗疫战斗力的关键

的邢台市新冠肺炎危重症患者全部康复出院；作为新冠肺炎重症治疗医疗队队长，付素珍以自己的责任与担当带领医护人员实现了零感染。

面对取得的成绩，付素珍看得很淡。她说：“在白衣战士队伍里，我不过是普通的一兵，一名普通的共产党员。我的许多同行，他们从没有信誓旦旦的豪言壮语，没有惊天动地的典型事迹，更没有跌宕起伏的人生经历，有的只是无私无畏、默默奉献。我同他们一样，用关爱温暖患者，用简单平实的人生履历诠释医生这个职业深刻的内涵，履行了一位医务工作者应尽的职责和义务。”

刻骨铭记　三次开心

付素珍忆及这场战“疫”，令她感动的事历历在目，铭记难忘。

她清晰地记得，她和战友们每次进入负压病房之前都要穿上厚厚的防护服、隔离服，戴上两到三层的口罩、帽子，再戴上护目镜。实际上大家都有憋闷的感觉，胸闷气短。在负压病房的环境里，真的是窒息般的难受和痛苦。护士董林燕进病房之后，感觉到十分憋闷，一直想呕吐。付素珍关切地问她怎么回事儿，她说没事儿。付素珍心里明白，平时自己也是这个样子。

在进入隔离病房后，每个人都有身体不适的状况，因为工作强度大，喝水少，普遍嗓子痛；每个人都在默默地忍受，回到宿舍就大把吃药，维护一下嗓子。就这样，身体素质略差一点儿的同事真的快要被打垮了，但他们不服输，坚决不因为身体原因而耽误值班。张鹏护士感觉身体不适，浑身发冷乏力，嗓子疼，头疼，还伴有轻度发热。他回到宿舍之后坚持喝水，一天喝了五千毫升，又喝连花清瘟胶囊、金银花颗粒和中药汤剂，为的就是能够顺利地接下一个班次。诸如此类的事迹有很多，都非常令人感动。

因为严密防护，队友的鼻梁都被口罩的铁线压出了血痕，红肿疼痛；耳朵也被口罩的绳子紧紧地勒着，因为勒不紧就会漏气，而勒紧长达六小时以上必然受伤。护目镜把脸部和双颊压出深深的血痕，有的都掉了皮，露出皮下的鲜肉。队友都是四班倒，穿防护服就得花去半小时，每个班连续工作六到九个小时。为了维护班内防护服的防护作用，队员们都坚持少喝水，不上厕所，有的干脆用上了尿不湿。出汗、虚脱、厌食，都是正常现象，但是大家都无声地忍耐着，坚持着。在付素珍的带领下，没有一个队友因为个人原因脱班掉队。

付素珍在那种沉闷疲累的环境当中，却有过三次开心，至今让她记忆犹新。

危重病人A，肺部胸片显示就是一个大白肺，在救治中她的生命体征多项指标极度恶化，血压不稳，呼吸困难，曾经一度处于濒死状态。经过付素珍和队友们积极努力，这位患者的生命指标得以稳定。付素珍看到患者的新胸片，原来肺部白色部分明显减小，表明病情得以控制和好转，这时她忍不住跟队友击掌，激动地跳跃了一下。这是她第一次开心。

新冠肺炎危重症患者的呼吸功能遭到重创，要想维持生命，绝对离不开呼吸机。呼吸机可以说就是体外提供呼吸功能的一个“人造肺”，其作用无可替代。此类患者经过他们精心治疗，随着自身免疫力提高，病情得到了缓解，呼吸机逐渐开始下调，直至脱机。付素珍和队友们难掩内心的喜悦和激动，长时间揪着的心，安稳放下，如释重负。这是她第二次开心。

付素珍告诉我，作为临床医生，要判断一个新冠肺炎患者是否达到出院标准，首先要从眼睛观察他们精神好转，呼吸顺畅，咳嗽、咳痰、乏力等症状全部消失，体温正常三天以上；其次通过做胸部CT，显示急性渗出性病变明显改善；再进行核酸检测，连续两次痰、鼻咽拭子等呼吸道标本核酸检测呈阴性（采样时间至少间隔二十四小时）。满足以上条件方可出院。

每当患者出院前咽拭子核酸检测结果是阴性的时候，付素珍和队友们都会非常开心。在这次新冠肺炎疫情中，大部分患者的核酸检测都是从发病一到两周后就由阳性转为阴性，可在付素珍诊治的患者中，重症病例A长达二十四天时间才转阴，这令她揪心不已。当她与这位患者一起打赢这场持久战，病人离开危重病房、转入普通病房的时候，她高兴得几乎想唱起歌来。这是付素珍第三次开心。

全国疫情得到有效控制，邢台市的新冠肺炎患者也已全部出院，疫情防控取得阶段性胜利。付素珍和她的队友们同全国医护人员一样，迎来了春暖花开、开心欢愉的时刻。

短发女汉　如风入松

付素珍一向喜欢留短发，十多年来几乎没有变过发型。她年岁不算大，可她的头发却已显花白，而且就在近几年，更加重了许多。付素珍本来就瘦，在刚到邢台市第二医院后的一周内就瘦了十斤，到病例清零时整整瘦了二十五斤。她花白的短发时常竖立着，说话办事干净利落，很有一点儿“女汉子”的感觉，难怪大家送给她“铁娘子”的美誉。

待所有病例都出院之后，付素珍重症治疗团队在天泉宾馆进行了十四天隔离。解除隔离的当天，她把队友一个个送走，自己却坚持留在最后收尾。

回到家里，迎接她的是家人看到她平安归来的欣慰笑容和简单的问候，随后一切归于平淡，犹如经历一阵汹涌波澜之后迅速恢复平静的海面。

这次四十天没有回家的付素珍，内心没有任何异样，还是那样淡定和平常，体重又恢复了十斤，连她的家人好像也看惯了，一如她在疫情之前每天7点离开家去上班，21点之后才拖着疲惫的身子回到家里一样。

付素珍觉得在定点医院工作的过程，就是解决一个又一个困难的过程。ICU病房收治的都是重症患者，对大夫来说，救治的压力很大，每一个处置都关乎生死。近一个月下来，付素珍总结出来的经验是：把控住每一个细节，做好每一件该做的事。确定治疗目标后，就要靠强硬的执行力去落实到位！

这不仅是她的经验，也是整个团队遵循的法则。对于新冠肺炎患者治疗理念和治疗方案，从病变到预后，省专家组都给予了认可。邢台市重症医疗队取得了显著效果，做到了每个病人的治疗都没有走任何弯路。

付素珍休养结束后，重新回到了人民医院的ICU重症监护室，这里是她的工作和归宿。付素珍在这里工作了整整十九年，她看惯了生死离别，看惯了病痛辛酸。她练就了一副“冷面孔”和“铁心肠”，看似不苟言笑，淡定平和，其实内心充满着对患者的关爱和对生命的珍视。

对每一个生命的离逝，付素珍充满了敬畏，但不遗憾，因为她践行了医者仁心的高尚医德，倾尽了自己最大的心力，科学而无私地实施了救治。她自信自豪地说：“各类危重疾病患者如果发现较早，送医及时，一般都会得到很好的救治并康复。一些病情因为延误，待到病入膏肓时，纵使华佗再世也难以把病人从死亡线上挽救过来。”

随着当前急救手段、医疗器械质量和医疗技术的提高，经付素珍之手挽救过的生命不计其数。患者的口碑、墙上的锦旗，是给她的最高赞赏和褒奖，她引以为豪。可谈及自己的妈妈和公公，因为日常自己忙于工作，耽于照料，两位亲人都罹患重病，先后离她而去。这使她抱憾终生，难以释怀。

“就像这场疫情，再高明的医生也难以预测和阻挡，但只要是‘敌人’来袭，我们就会义无反顾地冲向‘战场’，因为我们是医生，我们是白衣战士！”付素珍站在楼道的拐角处，说完这句话，向我连说了两声

“谢谢”，便轻轻挥了一下手，扭身匆匆走进ICU病房里，又开始了她的工作。

转身间，我瞄了一眼她那洁白的背影。

匆忙却坚毅，如风，如松，如山。

作者简介

高玉昆，中国作家协会会员，国家一级作家，中国报告文学学会会员，河北省作家协会理事，《散文百家》主编，邢台市文联秘书长，邢台市作家协会常务副主席。在省级以上文学报刊发表文学作品二百六十余万字，出版专著多部。

创作感言

当我首次面对付素珍时，她身着一袭白大褂，上方衣兜盖子上别着工作证，插着一支钢笔。花白的头发倔强地竖立着，口罩始终挂在耳朵上，从未摘下来。她两只眼睛微微上弯着，眼神充满阳光般透亮和一种果敢坚毅。医院的重症室是她日常工作地，她早已经历了患者的无数生死和病痛的折磨，对这场突如其来的重大疫情似乎没有一丝畏惧和恐慌。她是淡定的、平静的，一如她下了战场，结束隔离之后回到家中一样，一切归于平淡，归于日常。

救死扶伤，治病救人，一切为了人民健康。这是医生的天职。她把这句话深深地烙刻在自己的心头。记录一个付素珍，就是记录了整个战“疫”过程中成千上万白衣战士的英雄模样！

张淑娟：『管天管地』送温暖

◎ 王海霞

获奖词

第一时间走遍武汉七院每个角落
第一时间进行穿脱防护用具专业培训
第一个走进病区和患者接触
每天早上第一个守候在病区通道口
护目镜上的雾气凝成水珠流进嘴里
直到没法张嘴说话
……
为医护人员护航五十五天之后
她向家乡人民报告：『医疗队零感染！』

06-03-0003-023

06-03-0003-024

援疆的丈夫苗飞腊月二十七23点才回来，二十八、二十九，妻子张淑娟都要上班，三十这天又值了个八小时的班。大年初一，张淑娟终于可以休息一天了，小夫妻俩，一年来总算厮守了一天。婆婆、儿子和他们夫妻俩，一家人终于团聚在一起，过了个团圆年。

年三十单位开了紧急会，通报了全国的疫情和工作安排，开始组织人员支援武汉。同事们非常积极，踊跃报名，但是张淑娟没有份儿，因为她在院感科工作，而支援人员里暂时不需要院感人员。

1月26日，大年初二凌晨，院长突然得到通知，要求他们冀中能源华北医疗集团峰峰总医院集合援鄂人员，接受调遣！上午，突然接到通知的医护人员紧急集合，什么都没顾上准备。有的刚下夜班，只背着个随身的小包包，甚至都没顾上带身份证。出征仪式也很仓促。

中午，张淑娟在家看到群里的消息，急忙祝福，希望兄弟姐妹们平安。午饭已经做好，她心里却不是滋味，惦记着大家，也略有些遗憾，更多的是感动。令出必行，这几天，任何行业任何单位，几乎都表现出军队的作风，每个人都表现出战士的风采，几乎没有人讲条件要报酬诉委屈拖后腿。

电话突然响了，是他们院感科主任李超。

李超说："淑娟，马上收拾东西，去支援武汉。医院派车接你，十分钟后到！"

张淑娟扔下电话，就开始着急忙慌地像旋风一样收拾行李。丈夫苗飞立刻给她找出箱子，帮她整理。

婆婆说：“那也得吃了饭啊！赶紧吃两口！”刚从外地回来的小叔子见她顾不上吃，赶紧帮她装了点儿点心拎上。

电话又响了，还是李主任。

“淑娟，车马上到你家小区门口。”

张淑娟说：“好！”

主任说：“上面通知，这次要院感人员。咱们科就你们三位女士，这种事情，应该是我去。但是咱们医院需要有人负责全院的感控工作，院长又考虑我心脏下了四个支架，坚决不同意。你是党员，得先上。”

主任又说了一句：“你走后家里不用管，有我们呢！”

张淑娟的眼里噙了泪水。有我们呢——这句话叫人踏实和感动。

车到了，儿子怯怯地嘱咐妈妈：“妈妈，注意安全！”

张淑娟匆匆抱了儿子一下，就冲出了家门。

张淑娟上车的时候，苗飞指着箱子，一样一样告诉她，这里装了什么，那里装了什么。他嘱咐妻子：“一定要注意安全，你保护了自己才能保护别人。”

淑娟上了车。寒冷的空气中，没顾上穿外套、只穿着毛衣的苗飞挥手和她道别。

院长嘱咐：“淑娟，你是院感人员，咱医院共八名同志，他们就交给你和亚岚了！”

宋亚岚是领队。

张淑娟的眼睛一下子红了：“院长，我一定一个不少地把他们带回来！”

在石家庄和全省的兄弟姊妹们会合后，作为河北省第一批援鄂医疗队，他们踏上了开往武汉的专列——所有的车次都停了，驶往武汉的，只有运送医护人员和物资的专列。

父亲有心脏病。在列车上，张淑娟考虑了很久，才给他打电话。

父亲怔了一下，说："妮儿，我支持你。哪里需要你，你就应该去哪里。你是个党员，你是个医生嘛！"

父亲是行伍出身。当年，他就在武汉当兵，张淑娟是在武汉出生的，五岁才离开。武汉是她的第二故乡。

凌晨4点30分，火车停在武昌火车站。下车的只有他们。

安静的武汉，在沉睡；生病的武汉，在沉默。

张淑娟的眼泪一下子涌了出来。她张开双臂，在清冷的晨风里拥抱武汉。童年的温暖和亲切都留在了武汉。武汉是她的母亲，是她的亲人。但是，现在，病毒，侵害了她的亲人！

眼泪滚滚而下，她想大喊一声：武汉，我来了，你的女儿回来了！

她没喊出来。悲伤压抑了她的声音。

两辆大巴车来接他们，空荡荡的武汉大街上，只有这两辆车。

武汉病了。张淑娟的脸贴着车窗，看武汉的灯光安静地闪烁。

落脚酒店后，奔波了一天的张淑娟，却难以入眠。她真心为武汉难过。

初探"毒"场

天亮后他们才知道，原来昨夜接他们的，是武汉市第七医院的院长。他们援助的是武汉市第七医院和金银潭医院。峰峰总医院的八个人，包括张淑娟在内的六个在七院，另两个分到金银潭医院。

驻留七院的河北医疗队分成了三组，分包七院的三个病区。张淑娟和她的五名同事分开了，她分在第三组，负责第三病区。

休整一上午后，医疗队开始集中培训。培训后，医疗队领导和院感人员乘车到七院，认认门，熟悉熟悉环境。大家在七院考察后，医疗队领队和各组组长、护士长对接工作。对接结束后，其他人返回驻地，去探讨工作安排，留下院感人员继续考察。

医疗队共配置了他们六名院感人员，另指派了一名国家卫健委派来的江苏院感专家负责对接。七个人一遍遍地查看了医院的大的布局流程，反复查找感控的“点”，又一遍遍地交流讨论他们找到的“点”。

院感工作的“点”是什么?

医护是直接面对患者，负责患者安全的；院感人员则面对医护和患者，保护医护人员不受感染，阻止患者之间交叉感染。而要保护医护人员和患者，除了要“管”医患，还要“上管天下管地，中间管空气”。院感工作的“点”，就是医院内部一切和医护以及患者发生关系的环境和人员。

所以，活儿不是一般的杂。

七院本来不是传染病医院，不具备传染病医院的硬件设施条件。

全院大的格局上，三区（清洁区、半污染区和污染区）不完善，只有清洁区和污染区，而且两区之间没有缓冲区。没有缓冲区就做不到气流的隔断，极易引起交叉感染。两通道（医务人员通道和病人通道）管理混乱，轻症患者存在随意走动的现象。流动的病毒随时可能感染健康的人。

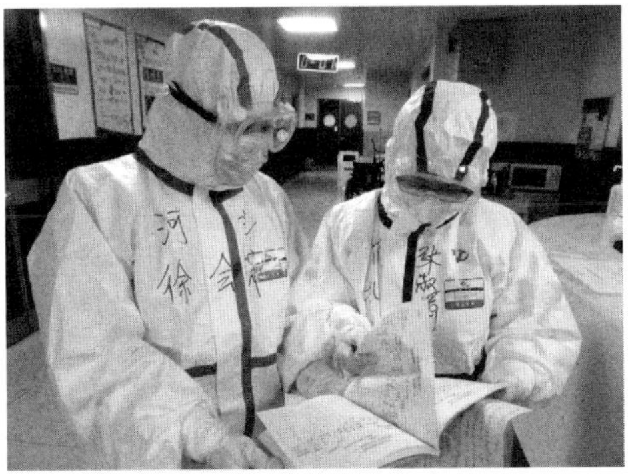

张淑娟（右）在检查病区消毒的登记情况

他们讨论研究后，提出了两个要求：

第一，在现有的清洁区和污染区之间改造出一个缓冲区。

第二，规范两通道管理。

当地政府太给力了，全力配合，一夜之间做出了一个缓冲区。

初四早上7点20分，三个组的组长、护士长和院感人员，再赴七院。这次，他们按照分组，各自进入分包的病区去熟悉工作环境和流程，了解病区的细节。

七院护士长说，防护服紧缺，尽可能少去人。

“谁进去？”三组组长赵志伟问。

“我必须进！”张淑娟说。

有人问：“你为什么必须进？医护人员才进去啊！”

张淑娟说：“我是院感人！我必须去看看病区的内部布局和环境的消毒隔离情况，查找感控的风险点。我必须保证医护的安全！”

病区，就是收治新冠肺炎患者的地方。换句话说，病区就是到处都飘浮着那种随时可以侵袭你的、叫作新冠病毒的洋洋得意的小恶魔的地方。千里赴鄂，为的就是和它们会面。真要和它们面对面，还真是充满了恐惧。因为，截至目前，人类对它没有太透彻的了解。

进入病区，张淑娟作为院感人，找感染控制工作的“点”。她一进去就发现，第一，治疗室里也可以分成三区，找出一个相对清洁的区域来处理医务人员突发事件；第二，也是最关键的问题，大家对防护服的穿戴不是很熟练，墙上也没有张贴操作流程。

张淑娟心里充满了悲壮之感。严峻的疫情形势下，中南医院抽出有限的人手，和七院的医生紧急组成了新七院，他们没有传染病专科的各科医护，更没有院感专业人员指导，紧急的抢救任务使得他们顾不得学习培训。七院的战友们啊，就这样在摸索中上阵实战了！

从医院回到酒店，他们在大厅碰头研究。大家见解一致，明天大家就要上阵打仗了，病区要在现有的硬件设施基础上划分出三区，哪怕是一个简单的空间。

至于流程图，张淑娟说，我来做。她是院感人员里最年轻的一个，操持这些动手的事就交给她。后来，和七院的诸多沟通联系，也是淑娟来跑，“年轻人嘛，跑腿的事也必须是我！”

时间紧张，工具简单，半个下午的时间，张淑娟纯手工制作了几张流程图。后来考虑到手写的大家看不清，就找宾馆电脑打印了出来。

这个中午，他们都没顾上吃饭。

单靠流程图是不能解决问题的，必须着手培训医护。每个组二十多名医护人员的命，主要在组长和院感人员的手里握着。张淑娟负责她所在的三组。没地方，她就召集组员在酒店电梯门口的小厅里集合培训。

二十多个人围着她，听她一遍遍详细讲解三级防护用品如何穿脱。他们大都是“80后”“90后”的孩子，她称他们为“小朋友”。还有一位五十八岁的医生，都赶上张淑娟妈妈的年龄了。老前辈格外仔细，每讲解一点儿，都要反反复复地问。张淑娟不厌其烦，一遍一遍地给她讲。

她发现自己的嗓子沙哑了，后面的人听不清了。她必须保证大家都听明白，能学会，能真正保护自己不受感染。

讲到后来，她索性摘下了口罩。有队员提醒说，老师你没戴口罩。

淑娟说：“没事，我戴上口罩你们就听不清了。”

这张没戴口罩的照片后来传疯了。在武汉，公共场合不戴口罩的人恐怕只有她一个人了。

她不是盲目，她有这个自信。作为院感人，她了解如何阻断病毒的传播途径，做到“严防死守”。

直到23点30分，她一直一遍遍地讲、一遍遍地示范。大家一个一个试穿，她一个人一个人看，一个环节一个环节地指导。

太烦琐了呀，太闷了呀！大家都有点儿忍不了了。

张淑娟说：“对，闷住自己，没有一点儿缝隙，才不会被病毒侵袭。

我要让你们习惯这种烦琐和闷，我要每天盯着你们没问题了才放你们进病区。”

组员们都过关了，张淑娟又抱着防护服去找她的五个同事。大家集中在一个房间里，张淑娟又一个一个手把手地教。

后半夜了，张淑娟终于可以休息了。她不是没有委屈，但她不能流露一点儿情绪。到了武汉，每个人的心理承受能力都到了极限。她要看护好每个组员的心，做他们心灵的大树，让他们依靠，不让他们崩溃。

躺下来，她心里还惦记着，金银潭的那两位战友学得怎样了呢?

披甲上阵

初五7点20分。

大家开赴战场，披甲上阵。

七院三病区，张淑娟第一个到达。其实，医护人员排了三班倒，她没有班次，本来是自由身，但她不仅第一个到，而且全程跟着大家。

张淑娟（前排左一）在给河北援鄂第七批医疗队现场培训穿脱防护服

她先在清洁区张贴了穿脱防护服的流程图，再盯着当天要进入病区的十几个战友一个一个穿戴好几层防护服。那时候的武汉，正是物资匮乏之际，爱心人士从四面八方捐赠来的防护服五花八门，各式各样。

样式不同，穿起来细节也会有差别。

张淑娟细心地一一指导他们。程序正确，“包裹完好”一个，才放进去一个。十几个人，张淑娟没有疏忽任何一个细节。

她知道，一个细节，就关乎一条命。他们是她的兄弟姐妹，每个亲人都得好好地进去，好好地出来。

穿戴完毕进入病区前，个别年轻的护士突然紧张恐惧起来。她一一给她们鼓劲儿：“有我在，不要怕，我一会儿也会进去！我会一直跟着你们！”

三组都进入病区后，她又跑到别的病区，去找她的5个同事。即便没有院长的嘱咐，她也深知自己的责任。把大家一个不少地带回去，这是她的使命。

等把他们都送进病区，张淑娟才穿戴整齐，进了她的三病区。

她先在脱衣服的地方张贴脱衣服的流程图，又在病区指导了空气、台面、地面等消毒工作。操完这些心，她就默默地跟在队友们后面，观察他们的行为习惯。淑娟很感谢自己十三年的护理经历，所有的临床细节、护理细节，她都一清二楚。结合院感专业，她深深明白，临床中的哪些细节是容易感染的“点”。

初上战场的战友们，面对随时都可能侵害的病毒，神经都是绷紧的。繁重紧张的救护工作又很快使他们忘我投入。这时候，如果有一点儿习惯性的不正确行为，哪怕是微乎其微的细节，都可能被感染。比如，习惯性地抬眼镜、揉眼睛和鼻子。

他们不知道，张淑娟一直默默地跟在他们的后面，操心地看着每个人，采咽拭子的动作合不合格，各种操作规不规范……大家只顾埋头工作，常常忘记她的存在。只有哪个人出现了问题，身边突然冒出一声大喝，才会发现，原来还有一个矮矮的“小怪兽”跟在身边。

四个多小时后，他们需要出病区就餐。张淑娟跟出来，看大家一个一个脱防护服。穿防护服重要，脱，更重要，也更烦琐。因为一丁点儿的不小心，都可能带出病毒，而这个时候，你是没有任何防护的。

这套程序，包括近三十多个步骤，十多次手消，起初不熟练时至少需要半小时。仿佛拆炸弹，要有丰富的经验、足够的细心，精神要高度集中，步骤要十分谨慎。而这些，初上沙场的战士们，都没有。

把战友们全部收拾利索出来，已经13点多了。这第一岗，她终于把大家安全地送进病区，又安全地带出了病区。

初期，防护服很紧张。她每天只能用一套，如果多穿了，医护们可能就上不了战场。这样，她每天只能跟第一班战友打第一场。护士们的轮班时间不定，如果忙起来，她根本不知道护理人员什么时候出入病区，尤其是凌晨1点左右下班和上班的护理人员。随着病人病情的变化，进入病区的医生也不固定。这些人，她都无法随时跟随监督！

这是她最担心的。医护人员养成“慎独”习惯，才能避免意外发生。

她一下子成了一个老妈子。一出病区，就开始没完没了地跟他们唠叨，要记住整个流程每一道程序。嗓子都唠叨哑了。

中午第一班队员要在医院用餐。这更得操心，因为吃饭时是不戴口罩的！

“小张！”张淑娟猛地大声呵斥，“坐开去！”

张淑娟一脸怒气。她巡视大家吃饭时，发现两个小护士竟然面对面坐着，还在亲热地聊着天！

“坐开！这就是找死！”张淑娟恼火地大喊。平时寻常自然的事，在这里却是逆天。张淑娟平息了一下情绪，说：“不要面对面说话，忘记这病毒传播的方式啦？吃饭的时候口罩是摘掉的，这个环节很关键！为了保护自己，也为了保护自己的战友。这时候你必须把每个人看成敌人，也要把自己看成病毒！”

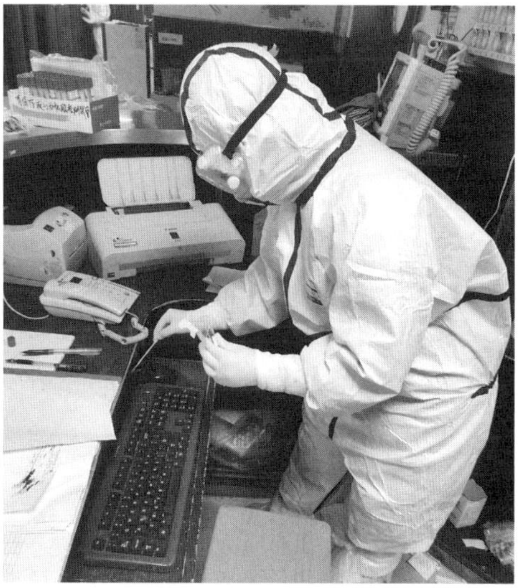

张淑娟在对病区内高频接触的物体表面进行核酸采样

人们犯错的时候，老妈子就变成了小鞭子，啪啪猛抽。

队友们是敬畏小鞭子的，后来，简直对她有了依赖。有她这个小鞭子在，大家心里才踏实。

下午下班回到宾馆，张淑娟要求她的队员统一在宾馆大厅碰头交流，她解答每个人的问题，细问每个人的情况，千叮咛万嘱咐，又成了碎嘴老妈子，一遍遍重复她烦琐的要求。

晚饭后，她又叫来她的同事，重复这一套工作。尽管他们都有自己的组，她不放心，还必须亲自再给他们来一遍才放过。

此后的每一天，她都是这样小心地守护着战友们，像一只老母鸡时刻守护着她的小鸡崽。每天，进病区时，战友们互相给对方鼓励，一起喊“加油”，然后都要再看看她，给她一个微笑或一个竖起的大拇指。每个下午，她都在七院转，查漏补缺，给七院“找毛病”，指问题。晚上，她又会把当天的所见所闻记录下来，整理后通过微信对医护人员再次进行感控专业知识指导，力求让每一个人都能做到科学防护。常常，半夜都会有人打电话咨询问题，她都不厌其烦地进行反复讲解，生怕漏掉任何一个细节。

粗略统计，在武汉期间，张淑娟对院感工作提出合理化建议四十六条，监督医务工作人员穿脱防护服四千多人次。

管天管地

张淑娟琢磨，河北医疗队的一百多人和七院的全体医护，是在一个餐厅吃饭的！

七院的医护，是疫情紧急的情况下匆忙上阵的，不排除他们在早期会感染病毒。共进午餐存在极大的隐患。而且，大家千里相会，携手作战，很快产生血浓于水的革命情感。吃饭时见到彼此的真面目，坐到一起聊聊天，是每个人的情感需求！

作为院感人，张淑娟想到的只有危险。穿好防护服在病区里，其实是相对安全的，而脱了防护服的外面，才是最危险的地方。

她紧急和七院沟通，希望给河北医疗队提供一个吃饭、更衣、值班的独立生活区。

七院有点儿应付不过来这个矮个子河北姑娘。救治病患，已经累死累活了，河北医疗队这个小姑娘，事怎么这么多？

“必须！”张淑娟说。到了武汉，她说话喜欢用必须这两个字。

七院也有困难，说实在的，这个时间，救治工作一团忙乱，收拾出这么个地方，不是那么容易的。而且，还要有人手来打扫卫生。

“打扫卫生？”张淑娟说，“不仅河北队生活区要打扫卫生，还要餐餐消杀，七院医护的餐厅也必须增加清洁消杀的环节！而且，河北队和七院的就餐时间要错峰，就餐通道要分开。”

七院很理解，克服了重重困难，终于帮助他们在二楼腾出四个房间。人手不够，张淑娟和那几个院感人吃完饭，就担起消杀的任务，擦桌擦地，门把手也都是他们擦。而且，她还主动负责培训清洁工阿姨，教她们怎么消毒，怎么操作。七院餐厅的消杀，也正规化了。他们发现，河北医疗队真是太专业了！

护目镜出雾问题也困扰着大家。在病区里，最可怕的就是护目镜里堆满的雾气严重影响视线。有一次，张淑娟在病区热得后背湿透，一脸大汗，护目镜里全是雾气。因为每次防护服都要穿到极限，否则就是浪费进去的机会。她坚持不出病区，结果，汗水雾水汇集，流淌了满嘴。

怎么解决？张淑娟突然想起儿子说过，游泳时为了防止游泳镜进水，用洗洁精擦洗一遍，就不容易沾水汽了。找不到洗洁精，她就建议大家用宾馆房间的剃须膏。效果果然还不错，能顶上半天不出雾。但仍然顶不到下班时间。于是她又试验用碘伏，还别说，效果挺好，只是有点儿刺激眼睛。于是又改成滴几滴洗手液后用纸巾擦拭。这下好了，既不刺激眼睛，还能坚持到下班时间。实践出真知，张淑娟把心用到极致，在细节上孜孜探索，还真是不断地想出新点子。

下午，张淑娟不进病区，就和其他院感人员一起，走遍七院的每一个角落，连续查找七院的每个感控点：去供应室查看防护用具的消毒，去洗衣房查看医务人员衣物的消毒，帮他们规范速干手消毒剂的使用，规范护目镜与清洗衣物的消毒液的配比，规范护目镜的储存以及医疗废物的转运等涉及感控的每一个重要环节。“管天管地”，无所不管。

大家的吃她也管。每天唠叨完各种细节操作，就唠叨大家吃：“要使劲儿吃！一定要使劲儿吃！现在，拼的就是体力和免疫力，谁也不许给我提减肥。能吃多少吃多少，能量充足了，防护做好了，咱们才不会出问题。”

除了管吃，还管住。到武汉没几天，降温了。大家匆忙离家，带的衣物本就不够，这一降温，更觉湿冷湿冷的。可是，回到宾馆，大家眼睁睁地看着空调挨着冻，却不敢开。如果开了空调，各个房间的空气互相交换，造成交叉感染可就麻烦了。

不能让大家冻着啊！张淑娟找到宾馆，但是前台并不清楚空调通风系统是怎么一回事。张淑娟又联系宾馆的机组人员，搞清了宾馆空调的通风方式是：各房间独立通风，互不影响。她果断地通知大家：开空调，我保证没事！

寒冷的武汉，他们打开了空调。

有这个管天管地的人在，大家就拥有温暖。

虚惊一场

到武汉两周后，全院医护开始陆陆续续做核酸检测。

七院的医护里，检测出了感染者。

大家深感压力山大，张淑娟更是忐忑不安。

2月13日，河北队开始做第一次核酸检测。

等检测结果的两天两夜，她如坐针毡，彻夜难眠。

2月15日23点，结果出来了。淑娟打开手机一看，有一个疑似，是护士小李！

这时，小李才告诉淑娟，她前天给病人扎针时，不小心扎破了三层手套，扎破了自己的手，出血了。

淑娟的头嗡一下就大了。

“针扎过病人了没？”她赶紧问。

“没有。是新针。”小朋友要哭了。

“你没事！”张淑娟说，“你肯定不会有事的！”张淑娟竭力控制自己的情绪，大脑急速地转，镇静地指导她，以后再出现这种事故，一定要及时上报。

但是，张淑娟自己的心却无论如何不能踏实。她立即报告组长，让小李在房间隔离，并立即给她做了第二次核酸检测、CT检查。手套上的病毒被针带进去又感染她的概率到底会有多高？她和几个院感专家共同研讨，又给她的老师打电话，评估感染概率。

CT结果正常，核酸检测还需要等。小护士沮丧到了极点，不吃饭，不睡觉，整天呆呆地蹲在房间门口。

不行，不能让她这样。张淑娟去找她谈心。小李看张淑娟走来，起身就关门，悲伤地大喊："娟姐你走开！你不要靠近我！我有病毒！"

张淑娟眼疾手快，一脚伸到门框下，抵住了门。

小李赶紧退到房间里，哭着喊："姐，你离我远点儿！你不怕吗？"

淑娟顶着门，斩钉截铁地说："我不走！我不怕！你肯定没事！"

护士大哭起来："姐，我还有一个两岁的女儿！"

张淑娟的眼泪唰地一下淌下来。她强忍住泪水，站在门口和小护士谈心，给她分析过程，评估风险，不停地安慰她。

张淑娟说："疑似，不一定就是啊！很多疑似最后都排除了呀！"

两个人，一个门口，一个屋里，远远相对，就这么哭啊哭，说啊说。

直到小李说："姐，我没事了，你回去吧。"

两天后，第二次核酸检测结果出来了——阴性！

小李块垒消散，精神振奋地走出自己的房间，重新投入了战斗。

小李满血复活，张淑娟一直濒临崩溃的情绪却到了极限。不能让任何人知道她也会崩溃，她偷偷地痛哭了一场。她是大家的主心骨，她挺立着，大家才能挺立。

一定要有一个应急预案。事后，她吸取教训，立刻准备了一个应急箱，配备了消毒水、棉签、纱布之类的物资，以备不时之需。

每一次核酸检测，她都像经历一次濒死体验。检测结果出来之后，又像获得一次重生。截至隔离结束，大家总共检测了几次，她就像哪吒一样，死而复生了几次。

张淑娟说："我一定要你们平平安安地来，平平安安地回去！"

贴心大姐

在武汉的五十五天，张淑娟休息了两次。第一次，是她发烧，37.2℃。队友们吓坏了，担心她感染。她说没事。她自信，进出病区的一切操作都没问题，只是上火感冒了。在武汉的日子里，她每天的睡眠从来没有超过5个小时，一直依靠安眠药。紧张和压力，使她上火了。武汉初春的天冷热无常，她了解武汉，来时苗飞给她装了三套棉衣保暖裤。来武汉后，她给没顾上带衣服的姐妹们分了，就有点儿冷。上火加着凉，就是点儿小感冒。但是按照规定，她必须休息。

第二次休息，是因为上火她眼睛上长了麦粒肿，护目镜会摩擦到。她坚持工作，不休息。直到后期麦粒肿破了，感染风险太大，不能再上班，她才休息了两天。

休息期间，她也不闲着，整理工作中遇到的问题，写总结，依然惦记着每一位战友，微信指导他们工作。大家习惯了，专业上的问题、心理上的问题，都找她。她的手机号码就贴在群里，手机二十四小时开机，随时恭候大家。

一个小朋友来信息说："姐，我好憋闷啊！"

张淑娟回复说："那就怎么痛快怎么来！"

小朋友说："我喜欢买东西。"

张淑娟回复说："要是买了高兴，那就买！不是发了工资了吗？想买啥买啥，使劲儿买！"

…………

后来，小护士说：“姐，我买了五千块钱的东西！”

张淑娟说：“好，买不够，咱再买！”

又一个小朋友来信息说：“姐，我……”

…………

简直没白天没黑夜。

她休息的几天，病区里就少了一位“战地记者”。

进入病区的医护，是不许带手机的。张淑娟进去时，可以带着她的手机。这是他们唯一一部可以进入病区的手机。

后来，组员们的单位纷纷索要他们的工作视频时，大家突然发现，每天都在投入地拼命工作，根本就没考虑留影像的问题。去哪里找这些视频呢?

他们在组群里求助的时候，总是张淑娟出来回答：我有！我有!

她有。每次在病区，她跟在大家后面指导工作时，得闲就掏出手机，悄悄地录下战友们辛苦而热烈的工作场面。她深深地感谢这些可爱的人，他们撇下自己的父母和孩子，不顾自己的生命安全，逆行武汉，救死扶伤，这珍贵的时刻，应该永远留存。

可她自己，竟没有一点儿病区工作的影像资料。她早把自己忘了。

三组组长赵志伟感慨地说：“在病区，你会忘掉张淑娟的存在。但是，当你违反了感控要求时，她就冒出来了，‘组长，手消啊！’‘组长，眼镜！’总是在这个时候，我才发现她！”

“她像个影子一样跟着每个人。”赵组长说。后来，他发现这个影子默默地记录了所有人的影像。这个泪点很高、能力超群、英勇沉着的男人眼含热泪嘘了一口气说：“淑娟被评为燕赵楷模，是实至名归！她干练、阳光、积极负责，从不言苦累！”

三病区在圆满完成救患任务，实现了床等人的局面时，关闭了。三组队员服从组织安排，分流到其他病区。张淑娟继续通过微信指导他们的防护。现在，她更忙了，从早到晚，甚至半夜，她的微信都不得闲，简直是“运筹帷幄之中，决胜千里之外”。她要指导老三组的战友，解答她新分到的工作组和峰峰同事的问题。河北医疗队第二批、第七批队员抵达武汉后，她还负责给他们介绍经验。

此外，她一直都在用微信关心和帮助分在金银潭医院的那两位同事。除了感控方面，还关心他们的生活和思想。

凯旋之泪

3月22日，河北省援鄂医疗队第一批队员离鄂返冀。

他们收拾行囊，在武汉人民的鲜花和热泪的包围下离开了武汉。

他们放不下，舍不得，一个个眼泪汪洋。

在她保护的二十多个战友面前，一直以坚强硬气果敢干练示人的张淑娟，突然哭成了泪人。生死存亡时刻，武汉人的英勇付出使她感恩难忘；和武汉结下的生死之交以及血浓于水的深情使她难以割舍！

她舍不下这个她战斗了五十五个日日夜夜的地方，放不下她为之拼过命的人们！

她忘不了放弃休假返岗为他们倾心服务、精心准备一日三餐的宾馆服务人员！

她忘不了，凌晨1点下夜班的时候，他们的队员站在冷风刺骨的大街上等班车时，送他们回宾馆的巡逻大哥！

她忘不了，接送他们上下班的班车司机！有一次，他们下班回来的路上，几个小姑娘说要填写入党申请书，却哪里都找不到稿纸。司机师傅听到了，一见路边有小超市，立刻停下车跑着去帮她们买。没有买到，他就对她们说："我明天给你们找去，你们放心！"

得知他们要回去，司机师傅特意跑来，拉他们去东湖，赏风景，看樱花。还和他们一起在车上纵情地高唱《真心英雄》，一起掉泪……

她舍不得，一起战斗的武汉战友。他们离开了，却还有尚未出院的病人，武汉战友仍在坚守。他们太辛苦了！他们应该得到全国人民的感谢，但是他们却总是对河北的战友表示感谢！

她舍不得美丽的武汉。这是她出生的地方，是她的第二故乡。她用自己的体温温暖了它，用赤诚的心唤醒了它。武汉的脉搏再次跳动，武汉的呼吸再次起伏，她怎么能舍得离开呢？有一次晚上下班后，他们几个骑行到武汉长江大桥。空寂的武汉大街、呜咽的滚滚长江、清冷的桥上彩灯，都使她心碎而感动。她暗暗地说，武汉，我们一定要让你复苏！现在，它复苏了，她怎么舍得离开呢？

刚来时，武汉的热心人士赠送给他们亲手绘制的白T恤。张淑娟挤时间在上面尚存的空白处，增添了许多漂亮的画：樱花、卡通、"武汉加油"四个变形的红字组成的黄鹤楼，还有她自己设计的"组徽"……她和战友们穿上它，一起拍了各种合影。淑娟的画成了大家另一种美好的回忆……

等他们回到河北，隔离期满，她又舍不得与从河北各地相聚一起一起打过仗、一起拼过命、一起流过泪、一起牵肠挂肚惦记彼此的亲爱的战友们分离。

每次想到他们一个不少、个个健康、"零感染"、好好地去又平安地回来时，淑娟就禁不住泪流满面。她实在说不清，为什么一想起这件事，就会泪水汹涌。

在武汉，她一直忍着，不在战友们面前落泪。除了组长和两个战友，其他人都比她小。她是他们的保护神，是他们的主心骨，她抚慰每个人的心灵，给所有的人依靠。她不能掉泪，甚至不能流露一丝软弱和溃散。

现在，她怎么也无法控制自己，任眼泪流个不停。

隔离结束回到峰峰，见到院长，她大哭着说："院长，我和领队把他们都带回来了，一个不少都回来了！"

她一个一个把大家送回家。在他们家门口，她和每个人都深情地拥抱，"我把你们送回家了！"她又哭。

最后，她回到自己家。家里只有婆婆和儿子，丈夫苗飞已经远赴新疆。在她启程返回河北的时候，苗飞刚刚假满。接到她返程的消息时，他已驱车走到甘肃。苗飞停车犹豫了半天，最终还是西向而去。夫妻两个，就这样错过了这一年仅有的相聚。

回家后，她又一次感受到一种来自全身肌肉和皮肤的疼痛。第一次疼痛，是到武汉几天后，整个身体，从里到外，每一寸肌肤，甚至说不清是什么地方，都是这样疼个不休。她无法入睡，天天依靠安眠药。现在，她再次经历这种令她无法入眠的莫名疼痛，她再也忍不住，偷偷地抹泪。

为她写下"为父曾经在军营，征战数载不了情。而今汉江遭瘟疫，代父披挂当前锋。父辈曾是军中豪，儿女当今穆桂英"豪诗的父亲，有十五年从军经历的父亲，打电话说，他的战友们都很骄傲，他尚在武汉的战友在微信群里夸他的女儿是个英雄。他们和他们的下一代，都为这个国家做了贡献。父亲感到骄傲，但更多的是惦记和思念。接父亲电话时，她也常常掉泪：作为军人的后代，爸爸，我没给你丢命，更没给你丢脸。

回到家，离开了日夜相守的战友，她突然失去了依靠。她实在控制不住自己，几乎每天都要哭一场。也许是承受了太大的压力，也许是怀念火热的战斗生活，也许是留恋拼命的岁月，也许是感动于所有人的付出……她更感恩时代让她在这场遭遇中锻炼了自己，体悟到：人生最美好的东西不是金钱，不是权力，不是荣誉——而是，价值！

她，他们，做到了敢于斗争，敢于胜利，没有辜负党和政府、国家和人民的期望！用自己的双手保护了人民的生命，保证了国家的安全！一个人，一辈子，能有几次？一个人，一辈子，谁光能赶上国家这样需要你？赶上了，做好了，张淑娟欣慰地说："自豪得很呢！"

在武汉，她找到了生命的价值，找到了精神的家园。它超乎世间一切曾有的体验，美好而崇高。

笔者是在一个长满了艾草的地方见到张淑娟的。清明时节的艾草嫩绿而茂盛，在风中水一样摇摆。风中弥漫着艾草古雅温和的草药香。我在这种药香中见到了这个矮矮的漂亮姑娘，她的嗓音因为长期过度讲话仍然粗哑，她的笑一如既往的单纯明媚。当然，我也见到了她数度哽咽着落下的眼泪。

她无数次哽咽着说："姐，在国家最需要我的时候，我去了。我完成了任务，我们一个不少，都回来了！"

而我，更感动于她一直在感恩她的医院，感恩武汉政府，感恩七院，感恩河北队领导，感恩组长，感恩队友，感恩宾馆服务员，感恩司机师傅，感恩武汉人民……

"我只是做了我应该做的，却给我这么高的荣誉啊！"被评为河北省"燕赵楷模·时代新人"，她感到自己肩负着更大的责任和使命！

张淑娟，冀中能源华北医疗集团峰峰总医院院感科主管护师、院感专家，生于1982年，刚刚三十八岁。她个子矮矮，戴一副眼镜，一说话，先是一脸灿烂的笑。她行动敏捷，干脆利落，专业精通。

她是一位美丽的中国姑娘，是一位美丽的中国共产党党员。

从她身上，我看到了我们国家的未来和希望！

作者简介

王海霞，河北文学院签约作家，河北省作家协会会员，鲁迅文学院高研班学员。曾获第六届北京文学奖“新人新作奖”，作品入选2014年度河北小说排行榜、2016年度中国报告文学优秀作品排行榜、北京文学2016年度作品排行榜。多次参与河北省作协组织的报告文学写作。

创作感言

我是流着泪采访、流着泪写作这篇报告文学的。面对“80后”的年轻人，我心里充满了感动、尊敬、欣慰和惭愧。我曾经视其为孩子的“80后”，在天降灾疫于国人之际，奋勇挺身，没有犹豫、自私、怯懦、愚拙……相反，他们坚定、大义、勇敢、智慧……他们那么有担当地挑起了一个国家十四亿人民交给他们的重担，而且把这么艰巨的任务完成得那么漂亮！

我感动于他们的故事和内心，更感动于我们的国家有这么好的青年！我坚信我们的国家和民族的未来必将无比灿烂辉煌！每思至此，我就泪流满面。

编 后 记

□ 郝建国

拿到这本书最后一遍校样的时候，是一个正午，心内炽热的情感与窗外的似火骄阳刹那间融汇在一起。

近一百天时间，含着眼泪一遍遍读着感人的故事，除了感动还是感动，一遍又一遍地说着谢谢，发自心底的。

2020年3月10日，习近平总书记来到武汉抗疫前线，发表了重要讲话。自疫情出现以后，河北省委、省政府领导，倾尽全力指导全省抗疫，确保一方平安。

2020年4月5日，中共河北省委宣传部联合省卫健委发布“燕赵楷模·时代新人”，十二位抗疫英雄获此殊荣。我们觉得，花山文艺出版社，作为一家河北省地方专业出版社，有责任和义务，尽早把河北抗疫勇士们的先进事迹和感人故事讲给广大的人民群众。本书的策划出版，就是我们践行习近平总书记重要讲话精神，贯彻落实省委、省政府领导指示的一次有益实践，对牢记出版人的使命担当和社会责任，推进河北出版传媒集团以“出名书、建名社、培育名编辑和名出版家”为核心内容的“四名工程”建设具有积极的意义。于是，我们完善了选题策划方案，主动联系相关部门，组织作者对十二位先进医护人员进行深入采访，计划在尽可能短的时间内，推出一部报告文学精品。因为时间急迫，需要采访的人数较多，加之疫情并未结束，作品不可能由一人独立完成，我们决定按照传主所在的城市，采取作者本地化的实施方案。由于石家庄的传主较多，我打电话给河北省作协副主席、石家庄市作协主席程雪莉女士。雪莉二话没说，立即表示积极支持，愿意推荐石家庄市作协最优秀的报告文学作家参与此项工作。这些年，石家庄作协人才辈出、硕果累累，有他们的支持，心里一下踏实了很多。

4月6日早上一上班，我们需要的信息陆续得到了反馈。从上午一上班一直到19点，我不断地联系着省委宣传部、省卫健委和我们选定的省内最优秀的报告文学作家。联系完回到家，才发觉由于一天之内话说得太多，口干舌燥，嗓子疼痛沙哑，但心内是喜悦的，喜悦于对一部优秀作品即将诞生的憧憬和期待。

4月7日，我们向集团领导做了汇报，得到了集团领导的充分肯定。集团党委书记、董事长曹征平欣然担任主编，并就相关事项进行了详细周密的安排部署；集团总编辑刘唯一、副总编辑徐凡就编辑、出版、宣传、发行等环节提出了很多建议和指导意见。

5月8日，五一小长假结束，经过作家们夜以继日的精心采访和创作，稿件逐渐发到我的邮箱。初审的过程，更像是接受一场心灵的洗礼，催人泪下的故事情节，让审稿一次次中断。这些“新时代最可爱的人”，在国家需要的时候，毫不犹豫，挺身而出，圆满完成了任务。在他们身后，站立的是给予他们牵挂、温暖和支持的家人、领导和同事们。透过他们的身影，我们仿佛看到了成千上万河北医务工作者舍家为国、医者仁心的群体形象，感受到了燕赵儿女无私奉献、迎难而上的家国情怀。

省委宣传部及省卫健委领导对本书的策划出版给予悉心指导，省委宣传部出版处、社会宣传处、出版物审读中心在书稿审读、专题报批等环节给予大力支持，省卫健委宣传部领导利用周末休息时间，逐字逐句审阅通读书稿，提出了很多富有建设性的意见。领导们的关心和厚爱，为本书得以高质量出版提供了坚实的保证，这种温暖将伴随着这本精品图书抵达每一位读者。

为了使楷模们的事迹和精神能够传播到尽可能多的读者，我们采用了多媒体的呈现方式，在每一篇文章的标题下面增加了两个二维码，一个是楷模英雄事迹的视频，一个是我们这本书中作家们记述的楷模感人故事的音频。读者扫一扫，即可观看和收听。

出版是一项神圣的工作，承担着新时代赋予的“举旗帜、聚民心、育新人、兴文化、展形象”的使命，必须“把握时代脉搏、聆听时代声音，坚持与时代同步伐、以人民为中心、以精品奉献人民、用明德引领风尚”。作为新时代的出版人，要时刻不忘初心、牢记使命，在时代发展的洪流中实现人生的价值。

还有几天就是党的九十九周年生日了，明年我们还将迎来建党一百周年。书中的十二位主人公中有十一位是中共党员，还有一位是中共预备党员。党员的先锋模范作用，在他们身上得到了充分体现，因此，本书的出版，也是我们献给党的生日的礼物。

作为一名中共党员，此刻，我想向党的这些优秀儿女们致敬，我将时刻勉励自己，努力成为他们那样的人。

2020年6月22日